El Político

Por

Platón

SÓCRATES. —En verdad, te estoy sumamente reconocido, Teodoro, por haberme puesto en relación con Teeteto, así como con el extranjero.

TEODORO: —¿Y quién sabe, Sócrates, si me deberás tres veces más reconocimiento, cuando te hayan explicado la política y la filosofía?

SÓCRATES. —Perfectamente, mi querido Teodoro; pero ¿es ese el lenguaje que corresponde a un hombre, que sobresale en el cálculo y en la geometría?

TEODORO. —¿Qué quieres decir con eso, Sócrates?

SÓCRATES. —¿Qué? Que pones en igual lugar a dos hombres, que difieren por su mérito mucho más allá de las proporciones conocidas en nuestro arte.

TEODORO. —Muy bien, Sócrates, ¡por nuestro Dios, por Ammón! Con razón y con justicia me echas en cara una falta de cálculo; pero tranquilízate, porque día vendrá en que tome yo mi desquite. Con respecto a ti, ¡oh, extranjero!, no te esfuerces en nuestro obsequio, y ya prefieras hablar de política o de filosofía, escoge inmediatamente y prosigue tu discurso.

EXTRANJERO. —Eso es, en efecto, Teodoro, lo que conviene hacer. Puesto que hemos puesto manos a la obra, no debemos detenernos hasta no haber llegado al término de nuestras indagaciones. Pero en cuanto a Teeteto que está presente, ¿cómo me conduciré con él?

TEODORO. —¿Qué quieres decir con eso?

EXTRANJERO. —¿Le dejaremos descansar, y pondremos en su lugar a este apreciable Sócrates, su compañero de ejercicios? ¿O eres tú de otra opinión?

TEODORO. —Hagamos lo que dices, y pongámosle en su lugar. Como son jóvenes, pueden soportar fácilmente toda especie de trabajo, con tal que de tiempo en tiempo se les deje descansar.

SÓCRATES. —Por otra parte, ¡oh, extranjero!, parece que hay entre ellos y yo una especie de parentesco. Respecto del uno, ya me decís que se parece a mí por los rasgos del semblante; en cuanto al otro, la identidad de nombre crea entre nosotros como un vínculo de familia. Si somos parientes, ellos y yo debemos desear estrechar nuestras relaciones, conversando juntos. Con respecto a Teeteto, he tenido ayer con él una larga conversación, y vengo, después de escucharle, a responderte; pero Sócrates no nos ha dicho aún nada ni al uno, ni al otro. Sin embargo, es preciso que le examinemos también. Otra vez será a mí; hoy que sea a ti a quien responda.

EXTRANJERO. —Así es. Y bien, Sócrates, ¿te haces cargo de lo que dice Sócrates?

SÓCRATES EL JOVEN. —Sí.

EXTRANJERO. —¿Estás conforme con lo que ha dicho?

SÓCRATES EL JOVEN. —Perfectamente.

EXTRANJERO. —Por tu parte no parece que haya obstáculo, y convendría menos aún que le hubiera por la mía. Después del sofista, a mi juicio, debe tratarse del hombre político. Dime, pues; ¿le, incluiremos también en el número de los sabios o no?

SÓCRATES EL JOVEN. —Le incluiremos.

EXTRANJERO. —Necesitamos dividir las ciencias, como lo hicimos cuando examinamos el primer punto.

SÓCRATES EL JOVEN. —Quizá.

EXTRANJERO. —Pero, Sócrates, no es preciso el mismo sistema de división.

SÓCRATES EL JOVEN. —No, ciertamente.

EXTRANJERO. —Debe seguirse otro.

SÓCRATES EL JOVEN. —Así me parece.

EXTRANJERO. —¿Cómo encontraremos el camino que conduce a la ciencia política? Necesitamos, en efecto, encontrarlo; y después de separarlo de los otros, es preciso caracterizarlo mediante una sola y única idea, y luego, marcando los otros senderos que se alejan de ésta por seguir otra idea, también única, inclinar nuestro espíritu a que conciba todas las ciencias como formando dos especies.

SÓCRATES El JOVEN. —Eso, extranjero, te toca a ti y no a mí.

EXTRANJERO. —También será preciso que te toque a ti cuando lo veamos claro.

SÓCRATES EL JOVEN. —Bien dicho.

EXTRANJERO. —Y bien, ¿la aritmética y algunas otras ciencias del mismo género no son independientes de la acción, y no se refieren únicamente al conocimiento?

SÓCRATES EL JOVEN. —En efecto.

EXTRANJERO. —La arquitectura, por el contrario, y todas las artes manuales implican una ciencia, que tiene, por decirlo así, su origen en la acción; y producen cosas, que sólo mediante ellas existen y que antes no existían.

SÓCRATES EL JOVEN. —Sin duda.

EXTRANJERO. —Conforme a esto, es preciso dividir todas las ciencias en dos categorías, y denominar las unas prácticas, las otras exclusivamente especulativas.

SÓCRATES EL JOVEN. —Sea así; distingamos en la ciencia en general estas dos especies.

EXTRANJERO. —Pues bien; el hombre político, el rey, el dueño de esclavos y aun el jefe de familia; ¿los abrazaremos todos a la vez en una unidad, o contaremos tantas artes diferentes como nombres hemos citado? Pero mejor es que me sigas por este otro lado.

SÓCRATES EL JOVEN. —¿Por dónde?

EXTRANJERO. —Por aquí. Si encontrásemos, un hombre en estado de dar consejos a un médico que estuviera ejerciendo públicamente su arte, aunque aquel fuera un simple particular, ¿no sería preciso dar a este hombre el mismo nombre que al que él aconseja y tomarlo del mismo arte?

SÓCRATES EL JOVEN. —Sí.

EXTRANJERO. —Pero el que es capaz de dirigir al rey de un país cualquiera, aun cuando sea un simple particular, ¿no diremos que tiene la ciencia, que debería poseer el que ejerce el mando?

SÓCRATES EL JOVEN. —Sí, lo diremos.

EXTRANJERO. —La ciencia de un verdadero rey ¿no es una ciencia real?

SÓCRATES ÉL JOVEN. —Sí.

EXTRANJERO. —El que la posee, por consiguiente, jefe o particular, deberá por completo a esta ciencia el ser llamado con razón persona real.

SÓCRATES EL JOVEN. —Es exacto.

EXTRANJERO. —Y el jefe de familia y el dueño de esclavos igualmente.

SÓCRATES EL JOVEN. —Sin duda.

EXTRANJERO. —¿Pero el estado de una gran casa y el de una pequeña ciudad son diferentes respecto al gobierno?

SÓCRATES EL JOVEN. —Nada de eso.

EXTRANJERO. —Por consiguiente, con relación al objeto de nuestro examen, es evidente que una sola ciencia abraza todas estas cosas; y nos importa poco que se la llame real, política o económica.

SÓCRATES EL JOVEN. —En efecto.

EXTRANJERO. —También es evidente, que a un rey le sirven poco las manos y el cuerpo para retener el mando, al contrario de lo que sucede con la inteligencia y la fuerza de alma.

SÓCRATES EL JOVEN. —Es claro.

EXTRANJERO. —¿Quieres que digamos, que el rey o la ciencia real se aproximan más a la ciencia especulativa, que a las artes manuables y a la práctica en general?

SÓCRATES EL JOVEN. —Sin dificultad.

EXTRANJERO. —Entonces ¿reuniremos todo esto, la ciencia política y la política, la ciencia real y el rey, en una sola y misma cusa?

SÓCRATES EL JOVEN. —Seguramente.

EXTRANJERO. —¿No procederemos con orden si dividimos ahora la ciencia especulativa?

SÓCRATES EL JOVEN. —Sin duda.

EXTRANJERO. —Fija tu atención y mira si podemos descubrir alguna distinción natural.

SÓCRATES EL JOVEN. —¿Qué distinción?

EXTRANJERO. —Esta. ¿Hay una ciencia del cálculo?

SÓCRATES EL JOVEN. —Sí.

EXTRANJERO. —Y a mi juicio, es una de las ciencias especulativas.

SÓCRATES EL JOVEN. —¿Cómo negarlo?

EXTRANJERO. —Teniendo por objeto el cálculo conocer la diferencia respecto de los números, ¿le atribuiremos otra función que la de juzgar sobre lo que conoce?

SÓCRATES EL JOVEN. —No, ciertamente.

EXTRANJERO. —Pero un arquitecto no trabaja él mismo, sino que manda a los operarios.

SÓCRATES EL JOVEN. —Sí.

EXTRANJERO. —Lo que presta es su ciencia, no sus brazos.

SÓCRATES EL JOVEN. —Sin duda.

EXTRANJERO. —Por consiguiente, es exacto decir que la ciencia del arquitecto es una ciencia especulativa.

SÓCRATES EL JOVEN. —Seguramente.

EXTRANJERO. —Pero cuando ha formado su juicio, no creo que por esto debe considerarse como concluida su tarea, ni puede retirarse, como sucede con el calculador; sino que es preciso que ordene aún a cada uno de los operarios lo que conviene hacer hasta que hayan ejecutado sus órdenes.

SÓCRATES EL JOVEN. —Es verdad.

EXTRANJERO. —¿No resulta de aquí, por lo tanto, que si todas las ciencias en este concepto son especulativas, lo mismo que las que dependen del cálculo, hay, sin embargo, dos especies de ciencias, que difieren en cuanto las unas juzgan y las otras ordenan o mandan?

SÓCRATES EL JOVEN. —Así parece.

EXTRANJERO. —Si dividimos por lo mismo la ciencia especulativa en general en dos partes, llamando a la una ciencia de mandato y a la otra ciencia de juicio, nos podremos lisonjear de haber hecho la división perfectamente.

SÓCRATES EL JOVEN. —A mi parecer, sí.

EXTRANJERO. —Bien; a los que hacen alguna cosa en común, como cuando discuten, hasta que haya acuerdo entre ellos.

SÓCRATES EL JOVEN. —Ciertamente.

EXTRANJERO. —Así, pues, en tanto que nosotros estemos de acuerdo, ningún cuidado deben darnos las opiniones de los demás.

SÓCRATES EL JOVEN. —Exacto.

EXTRANJERO. —Veamos ahora en cuál de estas dos clases incluiremos al rey. ¿Será en la del juicio, como si fuera un simple teórico? ¿O le colocaremos más bien en la del mandato puesto que ejerce imperio?

SÓCRATES EL JOVEN. —En esta última, sin duda.

EXTRANJERO. —Examinemos ahora, si la ciencia que manda, admite alguna división. A mi juicio admite una y es la siguiente. La misma diferencia, que hay entre el oficio del revendedor y el del fabricante, hay entre la especie de los reyes y la especie de los heraldos.

SÓCRATES EL JOVEN. —¿Cómo?

EXTRANJERO. —Los revendedores, después de haberse proporcionado los productos de los que se los han vendido, los venden a su vez.

SÓCRATES EL JOVEN. —Sí, ciertamente.

EXTRANJERO. —Del mismo modo los heraldos, tomando las órdenes de un superior y recibiendo el pensamiento de otro, dan en seguida órdenes a los demás a su vez.

SÓCRATES EL JOVEN. —Perfectamente exacto.

EXTRANJERO. —¡Pero qué! ¿Confundiremos la ciencia real con la del intérprete, la del ordenador, la del adivino, la del heraldo y con otras muchas de la misma clase, que se refieren al mando? ¿O antes bien quieres que demos un nombre nuevo al rey y a todos los que se le parecen, puesto que los que mandan por sí mismos no tienen aún nombre; que mediante una nueva división, pongamos la especie real en la categoría del mando directo; y que, sin cuidarnos de lo demás, dejemos al primero que llegue el cuidado de darle nombre? Porque el objeto de nuestras indagaciones es el que gobierna y no su contrario.

SÓCRATES EL JOVEN. —Sin duda alguna.

EXTRANJERO. —Ahora que hemos distinguido claramente esta clase de las demás, y que, separando de ella lo que le es extraño, hemos fijado su propia esencia, ¿será necesario volverla a dividir, por si es en sí misma aún un todo complejo?

SÓCRATES EL JOVEN. —Seguramente.

EXTRANJERO. —Ahora bien, me parece que así sucede. Sígueme, pues, y dividámosla juntos.

SÓCRATES EL JOVEN. —¿Cómo?

EXTRANJERO. —Representémonos todos los jefes posibles en el ejercicio del mando. ¿No es cierto que si ellos mandan, es para crear alguna cosa?

SÓCRATES EL JOVEN. —Es imposible negarlo.

EXTRANJERO. —Se puede sin dificultad dividir en dos especies las cosas que se crean.

SÓCRATES EL JOVEN. —¿Cómo?

EXTRANJERO. —Las unas son necesariamente inanimadas y las otras animadas.

SÓCRATES. —En efecto.

EXTRANJERO. —Pues bien, si queremos dividir la parte de la ciencia especulativa, que tiene por objeto el mando, lo haremos de esta manera.

SÓCRATES EL JOVEN. —¿De qué manera?

EXTRANJERO. —Refiriendo una de sus especies a la producción de los seres inanimados, y otra a la de los seres animados; y de este modo el todo aparecerá dividido en dos.

SÓCRATES EL JOVEN. —Perfectamente.

EXTRANJERO. —Dejemos una de estas especies y tomemos la otra; y después de esto, dividamos en dos partes este nuevo todo.

SÓCRATES EL JOVEN. —¿Cuál quieres que tomemos?

EXTRANJERO. —Seguramente la que manda a los seres animados. La ciencia real no ejerce su imperio sobre la simple materia, como la arquitectura; más grande y más noble, tiene por objeto los seres animados, y en esta esfera es donde ejerce su poder.

SÓCRATES EL JOVEN. —Bien.

EXTRANJERO. —Pero en la formación y educación de los seres animados, debe distinguirse la educación individual de la educación común de los que viven en rebaño.

SÓCRATES EL JOVEN. —Bien.

EXTRANJERO. —Pero no parece que el político se dedique a la educación de un individuo, como el que educa un solo buey o un solo caballo; sino que se parece más bien al que dirige una vacada o una yeguada.

SÓCRATES EL JOVEN. —Me parece que es cierto lo que acabas de decir.

EXTRANJERO. —Y bien, esta parte del arte de educar los seres animados, que consiste en la educación en común de muchos de ellos, ¿la llamaremos educación de rebaños o educación en común?

SÓCRATES EL JOVEN. —Usaremos uno u otro término, según ocurra la palabra en el discurso.

EXTRANJERO. —Perfectamente, mi querido Sócrates. Si evitas fijarte demasiado en las palabras, te harás más rico en sabiduría en tu ancianidad. Por ahora es preciso hacer lo que aconsejas. ¿Te parece posible que, después de haber demostrado que el arte de cuidar rebaños tiene dos partes, pudiera suceder que lo que antes se buscaba en las dos mitades confundidas, se quisiera buscar ahora en una de ellas tan solamente?

SÓCRATES EL JOVEN. —Ayudaré a ese fin con todas mis fuerzas. Yo pondría de una parte la educación de los hombres, y de otra la de las bestias.

EXTRANJERO. —No es posible dividir con más prontitud y resolución. Sin embargo, evitemos caer, si es posible, una segunda vez en la misma falta.

SÓCRATES EL JOVEN. —¿Qué falta?

EXTRANJERO. —No separemos una pequeña parte para oponerla a otras grandes y numerosas, sin que forme una especie, sino de modo que cada parte constituya al mismo tiempo una especie. Nada más precioso, en efecto, que distinguir desde luego de todo lo demás lo que se busca, cuando se hace con acierto. Esto te ha sucedido a ti hace un instante, cuando creyendo hacer una verdadera división, te has apurado a decidir, al ver que el discurso iba derecho a los hombres. Pero, querido mío, no es seguro proceder por pequeñas porciones; lo mejor es dividir por mitades; así se encuentran mejor las especies; esto es lo esencial en nuestras indagaciones.

SÓCRATES EL JOVEN. —Extranjero, ¿qué quieres decir con eso?

EXTRANJERO. —Me explicaré con más claridad por amor a ti, mi querido Sócrates. Al presente es imposible aclarar este objeto de manera que no deje nada que desear. Es preciso dar algunos pasos adelante, para encontrar la luz que nos falta.

SÓCRATES EL JOVEN. —Pues ¿en qué es, a tu juicio, defectuosa nuestra división?

EXTRANJERO. —En esto. Hemos procedido como aquel que, proponiéndose dividir en dos el género humano, obrase a la manera de las gentes de este país, que distinguen los griegos de todos los demás pueblos como una raza aparte, después de lo que, reuniendo todas las demás naciones, aunque son numerosas e infinitas, sin contacto ni relaciones entre sí, las designan con el solo nombre de bárbaros; imaginándose que porque hacen esta designación, valiéndose de un solo término, forman una sola raza. O como un hombre, que creyese dividir el número en dos especies, poniendo de una parte diez mil, considerándole como una especie, y dando a todo lo demás un solo nombre, persuadido de que mediante este solo nombre, tiene ya una segunda especie diferente de la anterior, y única también. ¡Con cuánta más sabiduría y verdad se dividiría por especies y por mitades, si se dividiese el número en par e impar, y la raza humana en varones y hembras, no distinguiendo los lidios y los frigios o cualquiera otro pueblo, ni oponiéndolos a todos los demás, sino cuando no hubiese medio de dividir a la vez por especies y por partes!

SÓCRATES EL JOVEN. —Perfectamente. Pero eso mismo, ¡oh extranjero!, que tú llamas parte y especie; ¿cómo reconocer, que no es una misma cosa, sino dos cosas diferentes?

EXTRANJERO. —¡Excelente hombre! ¿Sabes, que no es fácil lo que ahora me preguntas, Sócrates? Estamos demasiado extraviados ya del objeto que proseguimos, y quieres que nos extraviemos aún más. No; volvamos al camino. En otra ocasión, cuando tengamos tiempo, seguiremos estos rastros hasta el fin; pero no te imagines, Sócrates, que me has oído explicarme con claridad sobre este punto.

SÓCRATES EL JOVEN. —¿Qué punto?

EXTRANJERO. —Que la especie y la parte son cosas muy diferentes.

SÓCRATES EL JOVEN. —¿Cómo?

EXTRANJERO. —La especie es necesariamente una parte de la cosa, de que se dice que es una especie; pero no es necesario que la parte sea al mismo tiempo una especie. Sabes muy bien, Sócrates, que yo procedo por el primer método, más bien que por el segundo.

SÓCRATES EL JOVEN. —Lo tendré presente.

EXTRANJERO. —Explícate ahora.

SÓCRATES EL JOVEN. —¿Qué quieres que diga?

EXTRANJERO. —De qué punto hemos partido, para venir a extraviarnos hasta aquí en esta digresión. Yo creo que ha sido del siguiente. Te había preguntado cómo convendría dividir la educación de los rebaños, y me contestaste, con tu ardor precipitado, que hay dos especies de seres animados: una, que no comprende más que los hombres; y otra, que abraza todas las bestias en general.

SÓCRATES EL JOVEN. —Es cierto.

EXTRANJERO. —Tú crees, a mi parecer, que una vez separada una parte, todo lo que queda debe formar una sola especie; porque sólo das a este resto un solo nombre, el de bestias.

SÓCRATES EL JOVEN. —Así es la verdad.

EXTRANJERO. —Pero ¡oh tú, el más arrojado de los hombres! Has obrado como obraría cualquier animal dotado de razón. La grulla, por ejemplo, haría lo que tú, si distribuyendo los nombres según tu procedimiento, designase las grullas como una especie distinta de todos los demás animales, honrándose a sí misma; y al mismo tiempo, envolviendo a todos los demás seres en una misma categoría, inclusos los hombres, confundiese todos bajo el nombre de bestias. Procuremos en lo sucesivo incurrir en semejantes errores.

SÓCRATES EL JOVEN. —¿Cómo?

EXTRANJERO. —No dividiendo el género animal todo entero; no sea que vayamos a engañarnos.

SÓCRATES EL JOVEN. —Pues no lo hagamos así.

EXTRANJERO. —Ésa es, sin embargo, la falta que hemos cometido.

SÓCRATES EL JOVEN. —¿Cómo?

EXTRANJERO. —Toda la parte de la ciencia especulativa que se refiere al mando, ya hemos dicho, que tiene por objeto la educación de los animales, de los que viven en rebaño. ¿No es cierto?

SÓCRATES EL JOVEN. —Sí.

EXTRANJERO. —Con esto, pues, ya hemos dividido todo el género animal, poniendo a un lado los animales salvajes, y a otro los que se amansan; porque a los que son susceptibles de este amansamiento se llama animales domesticados y a los otros salvajes.

SÓCRATES EL JOVEN. —Bien.

EXTRANJERO. —Pero la ciencia que buscábamos, se ocupaba y ocupa de los animales que se domestican; y donde debe buscarse es en los animales que viven en rebaño.

SÓCRATES EL JOVEN. —En efecto.

EXTRANJERO. —No hagamos, por tanto, como antes hicimos, una sola división del todo, y no nos apuremos por llegar luego a la ciencia política; porque de aquí ha resultado que ahora nos sucede lo que dice el proverbio.

SÓCRATES EL JOVEN. —¿Qué?

EXTRANJERO. —Que por habernos apresurado demasiado al hacer nuestra división, llegamos más tarde al fin.

SÓCRATES EL JOVEN. —Bien merecido lo tenemos, extranjero.

EXTRANJERO. —Sea así. Intentemos ahora dividir la educación, tomándola desde su principio. Quizá el discurso, en su desarrollo, mostrará naturalmente con mayor claridad lo que deseas saber. Dime…

SÓCRATES EL JOVEN. —¿Qué?

EXTRANJERO. —Una cosa que has debido oír machas veces. Porque si bien no sé que hayas concurrido en persona a las operaciones de los que domestican los pescados en el Nilo y en los estanques del gran rey, has debido ver por ti mismo una cosa parecida en las fuentes.

SÓCRATES EL JOVEN. —He observado, en efecto, lo que pasa en las fuentes, y lo demás lo he aprendido oyendo a muchos.

EXTRANJERO. —Y de las bandadas de patos y de grullas habrás oído hablar, aun cuando no hayas recorrido las llanuras de Tesalia; y creerás que existen.

SÓCRATES EL JOVEN. —Sin duda.

EXTRANJERO. —Te he hecho estas preguntas, porque de los animales, que se reúnen en grupos, los unos viven en el agua y otros en tierra firme.

SÓCRATES EL JOVEN. —Así es.

EXTRANJERO. —¿No te parece que es preciso dividir en dos, la ciencia que se refiere a la educación en común, y asignando a cada una de estas partes un objeto particular, llamar a la una educación de los animales acuáticos, y a la otra educación de los animales terrestres?

SÓCRATES EL JOVEN. —Sin duda.

EXTRANJERO. —No indagaremos a cuál de estas dos ciencias se refiere la ciencia real, porque es una cosa demasiado clara para todo el mundo.

SÓCRATES EL JOVEN. —Ciertamente.

EXTRANJERO. —Y todo el mundo dividirá igualmente la parte de la educación común, que hemos llamado educación de los animales terrestres…

SÓCRATES EL JOVEN. —¿Cómo?

EXTRANJERO. —Distinguiendo los que vuelan de los que andan.

SÓCRATES EL JOVEN. —Nada más cierto.

EXTRANJERO. —¿Y sería posible someter a discusión si la ciencia política se refiere a los animales que andan? ¿No te parece que no puede haber hombre, por insensato que sea, que piense de otra manera?

SÓCRATES EL JOVEN. —Sin duda.

EXTRANJERO. —Pero es preciso dividir, como si se tratara del número, la educación de los animales que andan, y señalar sus dos partes.

SÓCRATES EL JOVEN. —Evidentemente.

EXTRANJERO. —Creo percibir dos caminos, que conducen igualmente a la parte a que tiende nuestra indagación. El uno, más corto, opone una parte grande a una pequeña; y otro, que satisface mejor a la regla que hemos sentado de dividir, en cuanto es posible, por la mitad; pero éste es más largo. A gusto nuestro podemos tomar el uno o el otro.

SÓCRATES EL JOVEN. —¡Pero qué! ¿Es imposible seguirlos ambos?

EXTRANJERO. —A la vez, sí, es imposible, mi maravilloso amigo; pero uno en pos de otro, no lo es ciertamente.

SÓCRATES EL JOVEN. —Pues tomo ambos caminos, uno en pos de otro.

EXTRANJERO. —Eso es fácil, porque lo que resta por andar es muy corto. Al principio, y lo mismo cuando estábamos a medio viaje, tu petición hubiera podido embarazarnos, pero ahora siendo éste tu deseo, nos lanzaremos por el camino más largo. Tranquilos y dispuestos como estamos, le recorreremos sin dificultad. He aquí cómo es necesario proceder.

SÓCRATES EL JOVEN. —Ya escucho.

EXTRANJERO. —Todos los animales que andan, entre los cuales están los domesticados y que viven en grey, se dividen naturalmente en dos especies.

SÓCRATES EL JOVEN. —¿Cuáles?

EXTRANJERO. —Los unos tienen cuernos; los otros no los tienen.

SÓCRATES EL JOVEN. —En efecto.

EXTRANJERO. —En estas divisiones de la educación de los animales que andan, es preciso valerse de perífrasis para designar las diversas partes; porque querer dar a cada una un nombre propio, sería tomarse un trabajo innecesario.

SÓCRATES EL JOVEN. —¿Pues cómo debe decirse?

EXTRANJERO. —De esta manera. Dividida en dos partes la educación de los animales que andan, la una se refiere a la especie de animales que viven en grupos y que tienen cuernos, y la otra a la especie que no los tiene.

SÓCRATES EL JOVEN. —Téngase eso por sentado, y no es preciso volver a hablar de ello.

EXTRANJERO. —Ahora bien; es claro que el rey conduce un rebaño desprovisto de cuernos.

SÓCRATES EL JOVEN. —¿Cómo ha de ser eso claro?

EXTRANJERO. —Descompongamos esta especie, y hagamos de manera que le designemos lo que le pertenece.

SÓCRATES EL JOVEN. —Conforme.

EXTRANJERO. —¿Quieres que la dividamos según que los animales tienen o no la pata hendida; o bien, según que la generación se verifica entre especies diferentes o sólo entre los de la misma especie? ¿Me comprendes?

SÓCRATES EL JOVEN. —¿Cómo?

EXTRANJERO. —Por ejemplo, los caballos y los asnos engendran naturalmente entre sí.

SÓCRATES EL JOVEN. —Sí.

EXTRANJERO. —Por el contrario; los demás animales domesticados, que viven en rebaño, engendran cada uno en su especie y no se mezclan con las otras.

SÓCRATES EL JOVEN. —Es preciso convenir en ello.

EXTRANJERO. —¿Pero te parece que el político se cuida de una especie que engendra en común con otras, o de una especie que no se mezcla con las demás?

SÓCRATES EL JOVEN. —Evidentemente de una especie que no se une con las otras.

EXTRANJERO. —Ahora bien, es preciso dividir en dos partes esta especie, como hicimos antes.

SÓCRATES EL JOVEN. —Es preciso, en efecto.

EXTRANJERO. —He aquí, pues, todos los animales domesticados y que viven en rebaño, a excepción de dos especies, completamente divididos. Porque los perros no deben ser incluidos entre los animales que viven en sociedad.

SÓCRATES EL JOVEN. —No, ciertamente. ¿Pero cómo obtendremos nuestras dos especies?

EXTRANJERO. —Procediendo, como haríais vosotros; Teeteto y tú, puesto que os ocupáis de geometría.

SÓCRATES EL JOVEN. —¿De qué manera?

EXTRANJERO. —Mediante la diagonal; y después mediante la diagonal de la diagonal.

SÓCRATES EL JOVEN. —¿Qué quieres decir?

EXTRANJERO. —La naturaleza propia de la especie humana, en lo relativo a su marcha, ¿no consiste en ser como la diagonal, sobre la que puede construirse un cuadrado de dos pies?

SÓCRATES EL JOVEN. —Es cierto.

EXTRANJERO. —Y la naturaleza de la otra especie, relativamente al mismo objeto, ¿no es como la diagonal del cuadrado de nuestro cuadrado, puesto que tiene dos veces dos pies?

SÓCRATES EL JOVEN. —¿Cómo puede ser de otra manera? Comprendo poco más o menos lo que quieres demostrarme.

EXTRANJERO. —Está bien; pero no advertimos, Sócrates, que en nuestra división hay algo que es ridículo.

SÓCRATES EL JOVEN. —¿Qué?

EXTRANJERO. —He aquí nuestra especie humana al lado y en compañía con la más noble a la vez que la más ágil de las especies.

SÓCRATES EL JOVEN. —Es, en efecto, ya lo veo, una consecuencia absurda.

EXTRANJERO. —¿No es lo más natural que lo más lento llegue más tarde?

SÓCRATES EL JOVEN. —Sí, sin duda.

EXTRANJERO. —¿Y no nos ha de parecer más ridículo aún presentar al rey corriendo con su rebaño, y luchando a la carrera con el hombre más ejercitado en el oficio de corredor?

SÓCRATES EL JOVEN. —No puede darse cosa más ridícula, en efecto.

EXTRANJERO. —Ahora aparece en claro, Sócrates, lo que ya se ha dicho con motivo del sofista.

SÓCRATES EL JOVEN. —¿Qué?

EXTRANJERO. —Que este método no hace caso ni de lo que es noble ni de lo que no lo es, y sin cuidarse de si el camino es corto o largo, se dirige con todas sus fuerzas a procurarse la verdad.

SÓCRATES EL JOVEN. —Así parece.

EXTRANJERO. —Pues bien; después de todo esto, y antes de que te vengas preguntándome cuál era este camino más corto de que hablabas antes, que conduce a la definición del rey, me adelantaré yo.

SÓCRATES EL JOVEN. —Muy bien.

EXTRANJERO. —Digo, pues, que hubiera sido preciso comenzar por dividir los animales que andan, en bípedos y cuadrúpedos; y después, como que la primera categoría sólo comprende los pájaros además del hombre, dividir la especie de bípedos en bípedos desnudos y bípedos con pluma; y por último, hecha esta operación, y puesto en claro el arte de educar o de conducir los hombres, colocar al político y al rey a la cabeza de este arte, confiándole las riendas del Estado, como legítimo poseedor de esta ciencia.

SÓCRATES EL JOVEN. —Excelente discusión, ¡oh extranjero!, con la que te has desquitado respecto a mí como de una deuda, añadiendo una excelente digresión a guisa de intereses.

EXTRANJERO. —Pues bien, resumamos nuestro discurso desde el principio hasta el fin, y demos así la explicación de esta palabra: la ciencia del político.

SÓCRATES EL JOVEN. —Conforme.

EXTRANJERO. —En la ciencia especulativa hemos distinguido, por lo pronto, la parte que manda, y hemos llamado a una porción de esta ciencia de mandato directo. El arte de educar los animales nos ha parecido que era una especie importante de la ciencia de mandato directo. En el arte de educar los animales, hemos considerado el arte de educar los que viven en rebaño; y en éste, el arte de educar los que andan; y en éste, el arte de educar los animales desprovistos de cuernos. En este último arte es preciso coger de una sola vez una parte, que es nada menos que triple, si se la quiere comprender bajo un solo nombre, llamándola el arte de conducir las razas que no se mezclan. Otra división más, y nos encontramos con esta parte de la educación de los bípedos, que es el arte de conducir la especie humana. Esto es precisamente lo que buscábamos, y a lo que hemos llamado a la vez la ciencia real y política.

SÓCRATES EL JOVEN. —Perfectamente.

EXTRANJERO. —Pero ¿estás bien seguro, Sócrates, de que realmente hemos hecho lo que acabas de decir?

SÓCRATES EL JOVEN. —¿Pues qué falta?

EXTRANJERO. —¿Hemos resuelto completamente la cuestión? ¿O acaso esta indagación tiene el defecto de que aunque hemos definido bien el político, no lo hemos hecho de una manera completa y perfecta?

SÓCRATES EL JOVEN. —¿Qué quieres decir?

EXTRANJERO. —Veamos: voy a explicarte con mayor claridad lo que tengo en mi pensamiento.

SÓCRATES EL JOVEN. —Habla.

EXTRANJERO. —¿No era la política una de estas artes de educar los numerosos rebaños que hemos considerado, y no se ocupaba de una especie particular de rebaños?

SÓCRATES EL JOVEN. —Sí.

EXTRANJERO. —Y por esta razón la hemos definido el arte de educar en común, no caballos u otras bestias, sino hombres.

SÓCRATES EL JOVEN. —Así es.

EXTRANJERO. —Pues bien; examinemos en qué se diferencian los reyes de los demás pastores.

SÓCRATES EL JOVEN. —¿En qué?

EXTRANJERO. —¿No encontraremos algún personaje, que tomando su nombre de otro arte, pretenda concurrir en alto grado al sostenimiento de la grey?

SÓCRATES EL JOVEN. —¿Qué es lo que dices?

EXTRANJERO. —Por ejemplo; los mercaderes, los labradores, los que suministran al público los comestibles y aun los maestros de gimnasia, la clase entera de los médicos; ¿no sabes que todos estos son capaces de combatir con los pastores de hombres, que hemos llamado políticos, y demostrar que son ellos los que tienen cuidado de la vida humana, y que vigilan no sólo sobre la multitud y la grey sino también sobre los jefes mismos?

SÓCRATES EL JOVEN. —¿Y no tendrían razón?

EXTRANJERO. —Quizá. Sin embargo, lo examinaremos; pero por lo menos sabemos que nadie entra en contestaciones con el vaquero en lo relativo a sus funciones. Él es el que provee al sostenimiento del rebaño y el que le mantiene; es su médico; corre con los cruzamientos; y versado en el arte de partear, vigila los partos y cuida de las crías. Y en cuanto a los juegos y a la música al alcance de las crías que él educa, nadie es más entendido para darles gusto, ni tan capaz de domesticarlas con el halago; tan ducho está en el arte de ejecutar, ya valiéndose de instrumentos, ya de la boca sola, la música apropiada a su ganado. Ahora bien, lo mismo puede decirse de otros pastores; ¿no es así?

SÓCRATES EL JOVEN. —Es muy cierto.

EXTRANJERO. —Por consiguiente, no había exactitud ni verdad en lo que decíamos del rey, cuando le proclamábamos pastor y alimentador de la grey humana, poniéndole solo y aparte, entre otros mil que aspiran al mismo título.

SÓCRATES EL JOVEN. —No, de ninguna manera.

EXTRANJERO. —¿No eran fundados nuestros temores de hace un instante, cuando sospechábamos que, aun cuando encontrásemos algunos rasgos de carácter real, no por eso conseguiríamos dar una definición completa del político, ínterin no le separáramos de los que le rodean y que pretenden concurrir con él a la educación de los hombres, para mostrarle solo y en toda su pureza?

SÓCRATES EL JOVEN. —Seguramente.

EXTRANJERO. —He aquí, Sócrates, lo que es preciso hacer, si no queremos, cuando lleguemos al fin, avergonzarnos de nuestro discurso.

SÓCRATES EL JOVEN. —Pues bien; evitemos que suceda eso.

EXTRANJERO. —Necesitamos entonces tomar otro punto de partida, y seguir un camino diferente.

SÓCRATES EL JOVEN. —¿Cuál?

EXTRANJERO. —Introduzcamos aquí una especie de historieta agradable. Tomemos una buena parte de una extensa fábula, y en seguida, separando siempre, como en las indagaciones precedentes, una parte de otra parte, hagamos de manera que encontremos al último el objeto de nuestra indagación. ¿No es así como debemos proceder?

SÓCRATES EL JOVEN. —Ciertamente.

EXTRANJERO. —Pues bien, escucha atentamente mi fábula, como hacen los niños. Así como así, no estás muy distante de la infancia.

SÓCRATES EL JOVEN. —Habla.

EXTRANJERO. —Una de las antiguas tradiciones, que se recuerda aún y se recordará por mucho tiempo, es la del prodigio, que apareció en la querella de Atreo y Tieste. Tú lo has oído referir, y recordarás lo que se dice que sucedió entonces.

SÓCRATES EL JOVEN. —Es quizá la maravilla de la oveja de oro de lo que quieres hablar.

EXTRANJERO. —Nada de eso, sino del cambio de la salida y de la puesta del sol y de los demás astros, los cuales se ponían entonces en el punto mismo donde ahora salen, y salían por el lado opuesto. Queriendo el dios atestiguar su presencia a Atreo, por un cambio repentino, estableció el orden actual.

SÓCRATES EL JOVEN. —Así se cuenta, en efecto.

EXTRANJERO. —También hemos oído referir muchas veces otra historia, que es la del reinado de Saturno.

SÓCRATES EL JOVEN. —Sí, muchas veces.

EXTRANJERO. —Pero ¿no se dice todavía que los hombres de otro tiempo eran hijos de la tierra, y que no nacían los unos de los otros?

SÓCRATES EL JOVEN. —Sí, esa es también una de nuestras antiguas tradiciones.

EXTRANJERO. —Todos estos prodigios se refieren a un mismo orden de cosas, y con ellos otros mil aún más maravillosos; pero el largo trascurso del tiempo ha hecho olvidar los unos, y ha desprendido del conjunto otros, que dan lugar en adelante a otras tantas historias separadas. En cuanto al orden de cosas, que es la causa común de todos estos fenómenos, nadie ha hablado de él, y hay necesidad de exponerlo ahora. Esto nos servirá de gran auxilio para hacer conocer lo que es el rey.

SÓCRATES EL JOVEN. —No es posible hablar mejor; cuenta, pues, sin omitir nada.

EXTRANJERO. —Escucha. Este universo es unas veces dirigido en su marcha por Dios mismo, que le imprime un movimiento circular; y otras le abandona, como cuando sus revoluciones han llenado la medida del tiempo marcado. El mundo entonces, dueño de su movimiento, describe un círculo contrario al primero, porque es un ser vivo y ha recibido la inteligencia de aquel que desde el principio le ordenó con armonía. La causa de esta marcha retrógrada es necesaria e innata en él mismo, y es la siguiente.

SÓCRATES EL JOVEN. —Veamos.

EXTRANJERO. —Ser siempre de la misma manera, en igual forma y el mismo ser, es privilegio de los dioses por excelencia. La naturaleza del cuerpo no pertenece a este orden. El ser a que llamamos cielo y mundo, ha sido dotado, desde su principio, de una multitud de cualidades admirables, pero participa al mismo tiempo de la naturaleza de los cuerpos. De aquí procede que le es absolutamente imposible escapar a toda especie de mudanza; pero por lo menos, en cuanto es posible, se mueve en el mismo lugar, en el mismo sentido y siguiendo un solo movimiento. He aquí por qué el movimiento circular es en él el propio, porque es el que se aleja menos del movimiento de lo que se mueve por sí mismo. Moverse por sí mismo por toda una eternidad sólo puede hacerlo aquel que conduce todo lo que se mueve, y este ser no puede mover tan pronto de una manera como de otra contraria. Todo esto prueba que ni se puede decir que el mundo se da a sí mismo el movimiento de toda eternidad, ni que recibe de la divinidad dos impulsos y dos impulsos contrarios, ni que es puesto alternativamente en movimiento por dos divinidades de opiniones opuestas. Sino que como decíamos antes, y es la única hipótesis que nos queda, tan pronto es dirigido por un poder divino, superior a su naturaleza, recobra una nueva vida y recibe del supremo artífice una nueva inmortalidad; como, cesando de ser conducido, se mueve por sí mismo y se ve de este modo abandonado durante todo el tiempo necesario para realizar miles de revoluciones retrógradas; porque su masa inmensa, suspendida igualmente por todas partes, gira sobre un punto de apoyo muy estrecho.

SÓCRATES EL JOVEN. —Todo lo que acabas de decir me parece muy verosímil.

EXTRANJERO. —Prosigamos, pues, considerando, entre los hechos que acaban de referirse, el fenómeno que, según hemos dicho, es la causa de todos los prodigios. Es el siguiente.

SÓCRATES EL JOVEN. —¿Cuál?

EXTRANJERO. —El movimiento del mundo, que tan pronto describe un círculo en el sentido actual, como en sentido contrario.

SÓCRATES EL JOVEN. —¿Cómo?

EXTRANJERO. —Es preciso convencerse de que este cambio constituye la más grande y completa de las revoluciones celestes.

SÓCRATES EL JOVEN. —Me parece probable.

EXTRANJERO. —Es preciso, pues, pensar que entonces es también cuando se verifican los cambios más trascendentales para los que habitamos en este mundo.

SÓCRATES EL JOVEN. —También eso es probable.

EXTRANJERO. —Pero ¿no sabemos que la naturaleza de los animales soporta difícilmente el concurso de cambios graves, numerosos y de diversa índole?

SÓCRATES EL JOVEN. —¿Quién no lo sabe?

EXTRANJERO. —Entonces necesariamente hay gran mortandad entre los demás animales, y de los hombres son pocos los que sobreviven. Estos últimos experimentan mil fenómenos sorprendentes y nuevos; pero el más extraordinario es el que resulta del movimiento retrógrado del mundo, cuando al curso actual de los astros sucede otro contrario.

SÓCRATES EL JOVEN. —¿Cómo?

EXTRANJERO. —En tales circunstancias se vio desde luego que la edad de los diversos seres vivos se detuvo repentinamente; que todo lo que era mortal dejó de caminar hacia la vejez, y que mediante una marcha contraria se hizo más delicado y más joven. Los cabellos blancos de los ancianos se volvieron negros; las mejillas de los que no tenían barba, al recobrar su tersura, restituían a cada cual su pasada juventud; los miembros de los jóvenes, haciéndose más tiernos y más reducidos de día en día y de noche en noche, tomaron la forma de los de un recién nacido; y el cuerpo y el alma a la par se metamorfosearon. Al término de este progreso todo se desvaneció y entró en la nada. En cuanto a los que perecieron violentamente en el cataclismo, sus cuerpos pasaron por las mismas transformaciones, con una rapidez que no permitía distinguir nada, y desaparecían completamente en pocos días.

SÓCRATES EL JOVEN. —¿Y cómo, extranjero, tenía entonces lugar la generación, y cómo se reproducían los seres animados?

EXTRANJERO. —Es claro, Sócrates, que la reproducción de los unos por los otros no existía entonces en la naturaleza; sino que, según lo que se cuenta, hubo en otro tiempo una raza de hijos de la tierra, y los hombres salían del seno de la misma que los había recibido; y el recuerdo de estas cosas nos ha sido trasmitido por nuestros primeros antepasados, vecinos a la revolución precedente, y nacidos en los principios de ésta. A ellos debemos esta tradición, que muchos, sin motivo, se niegan a creer a pesar de lo racional y consecuente que es en mi opinión. Porque es necesario hacerse esta reflexión. Si los ancianos volvían a las formas de la juventud, era natural que los que habían muerto y estaban enterrados resucitaran, volvieran a la vida y siguieran el movimiento general, que renovaba en sentido contrario la generación; y estos desde su origen fueron llamados hijos de la tierra, por lo menos todos aquellos, que los dioses no reservaron para un más alto destino.

SÓCRATES EL JOVEN. —En efecto, todo eso concuerda perfectamente con lo que precede. Pero este género de vida que refieres al reinado de Saturno, ¿pertenece a las otras revoluciones del cielo o a las actuales? Porque con respecto a la mudanza en el curso de los astros y del sol, es evidente que ha debido realizarse en una y otra época.

EXTRANJERO. —Has seguido perfectamente mi razonamiento. En cuanto al tiempo a que te refieres, en el que todas las cosas nacían por si mismas para los hombres, no pertenece al estado actual del universo, porque corresponde también al que le ha precedido. Entonces Dios, vigilando sobre el universo entero, presidia a su primer movimiento. Como hoy, las diferentes partes del mundo estaban divididas por regiones entre los dioses, que las dirigían. Los animales, divididos en géneros y en grupos, eran dirigidos por demonios, que, como pastores divinos, sabían proveer a todas las necesidades del rebaño, que les estaba encomendado; de suerte, que ni se veían bestias feroces, ni los animales se devoraban unos a otros, ni había guerra ni riña de ninguna clase. Todos los demás bienes, que resultan de este orden de cosas, serían infinitos si se fueran a contar. Por lo que hace a la facilidad que los hombres tenían para proporcionarse el alimento, he aquí el origen. Dios mismo conducía y vigilaba a los hombres; en la misma forma que hoy los hombres, a título de animales de una naturaleza más divina, conducen las especies inferiores. Bajo este gobierno divino no había ni ciudades, ni matrimonios, ni familia. Los hombres resucitaban todos del seno de la tierra sin ningún recuerdo de lo pasado. Extraños a nuestras instituciones, recogían en los árboles y en los bosques frutas abundantes, no debidas al cultivo y que la tierra producía por su propia fecundidad. Desnudos y sin abrigo, pasaban casi toda su vida al aire libre; las estaciones, templadas entonces, les eran agradables; y el espeso césped con que se cubría la tierra les proporcionaba blandos lechos. He aquí, Sócrates, ya lo oyes, la vida que pasaban los hombres bajo Saturno. La que, según se dice, es presidida por Júpiter, la de nuestros días, ya la conoces por ti mismo. ¿Podrías y querrías decidir ahora cuál de las dos es la más dichosa?

SÓCRATES EL JOVEN. —Verdaderamente no.

EXTRANJERO. —¿Quieres que ocupe tu lugar, y que de algún modo lo decida?

SÓCRATES EL JOVEN. —No puedes darme mayor gusto.

EXTRANJERO. —Si las hechuras de Saturno, con tanto tiempo libre, con la facultad de comunicar por la palabra no sólo entre sí, sino con los animales, utilizaban todas estas ventajas en el estudio de la filosofía, viviendo en relación con los animales y con sus semejantes, informándose, si alguno de ellos, gracias a esta o aquella facultad particular, hacia algún descubrimiento que pudiese contribuir al adelantamiento de la ciencia, es fácil comprender que los hombres de entonces gozarían de una felicidad mil veces más grande que la nuestra. Pero si, por el contrario, esperaban a hartarse comiendo y bebiendo, para conversar entre sí y con los animales, según las fábulas que hoy mismo se nos refieren, la cuestión es también a mi parecer muy sencilla de resolver.

Pero dejemos esto hasta que se nos presente un mensajero, que pueda decirnos por cuál de estas dos maneras los hombres de aquel tiempo manifestaban su gusto por la ciencia y la discusión. Ahora debemos decir la razón que nos ha movido a traer a cuento esta fábula, para que podamos caminar adelante. Cuando terminó la época que comprende todas estas cosas, y sobrevino una revolución, y la raza nacida de la tierra hubo perecido toda entera, y cada alma hubo pasado por todas las generaciones, y entregado a la tierra las semillas que la debía, sucedió que el señor de este universo, a la manera del piloto que abandona el timón, se echó fuera ocupando como un punto de observación; y la fatalidad, y también su propio impulso, arrastraron al mundo siguiendo un movimiento contrario.

Todos los dioses, que de acuerdo con la divinidad suprema, gobernaban las diversas regiones, testigos de estos hechos, abandonaron a su vez las partes del universo que les habían sido confiadas. Éste, reobrando sobre sí mismo en un movimiento retrógrado, arrastrado en dos direcciones opuestas, la del orden de cosas que comenzaba y la del que concluía, y agitándose con sacudimientos continuos sobre sí mismo, fue causa de una nueva destrucción de los animales de toda especie. En seguida, después de un suficiente intervalo de tiempo, la turbación, el tumulto y la agitación cesaron; la paz se restableció, y el mundo comenzó de nuevo y ordenadamente su marcha acostumbrada, atento a sí mismo y a todo lo que encierra, y recordando, en cuanto le era posible, las lecciones de su autor y de su padre. En un principio se ajustaba a estas con exactitud, pero después ya con negligencia. La causa de esto era el elemento material de su constitución, que tiene su origen en la antigua naturaleza, entregada durante largo tiempo a la confusión, antes de llegar al orden actual. En efecto, todo lo que el mundo tiene de bello, lo ha recibido de aquel que le ha creado; y todo lo malo e injusto, que sucede en la extensión de los cielos, procede de su estado anterior, del cual lo recibe para trasmitirlo a los animales.

Mientras que el mundo dirige, de concierto con su guía y señor, los animales que encierra en su seno, produce poco mal y mucho bien. Mas cuando llega a separarse del guía, en el primer instante de su aislamiento gobierna aún con sabiduría; pero a medida que el tiempo pasa y que el olvido llega, el antiguo estado de desorden reaparece y domina; y por último, el bien que produce es de tan poco precio y la cantidad de mal, que se mezcla con él, es tan grande, que él mismo, con todo lo que encierra, se pone en peligro de perecer. Entonces es cuando el dios, que ha ordenado el mundo, al verle en este peligro, y no queriendo que sucumba en la confusión y vaya a perderse y disolverse en el abismo de la desemejanza, entonces, repito, es cuando, tomando de nuevo el timón, repara las alteraciones que ha sufrido el universo, restableciendo el antiguo movimiento por él presidido, protegiéndole contra la caducidad, y haciéndole inmortal. He aquí todo lo que se cuenta, y que es lo bastante para definir al rey, si se tiene en cuenta todo lo que precede. Porque habiendo entrado el mundo en el camino de la actual generación, la edad se detuvo de nuevo y se vio que reaparecía la marcha contraria. Aquellos animales, que por su pequeñez estaban casi reducidos a la nada, empezaron a crecer; y los que habían salido de la tierra encanecieron de repente, murieron y volvieron a la tierra misma. Todo lo demás sufrió la misma mudanza, imitando y siguiendo todas las modificaciones del universo.

La concepción, la generación, la nutrición, se acomodaron necesariamente a la revolución general. No era ya posible que un animal se formase en la tierra por la combinación de elementos diversos, y así como se había ordenado al mundo que moderara por sí mismo su movimiento, así se ordenó a sus partes que se reprodujeran por sí mismas en cuanto las fuese posible y que engendrasen y se alimentasen mediante un procedimiento análogo. He aquí que hemos llegado al punto a que se encamina todo este discurso. Porque en lo relativo a los demás animales, habría no poco que decir, y se necesitaría mucho tiempo para explicar el punto de partida y las causas de sus cambios; pero con respecto a los hombres, el camino es más corto, y está en una relación más directa con nuestro objeto. Privados de la protección del demonio, su pastor y señor, entre animales naturalmente salvajes y que se habían hecho feroces, los hombres débiles y sin defensa eran despedazados por ellos. Se vieron desprovistos además de las artes y de la industria en estos primeros tiempos, porque la tierra había cesado de suministrarles espontáneamente el alimento, sin que tuviesen medios de procurárselo, pues antes nunca habían sentido esta necesidad. Por esta causa vivían en la mayor estrechez, hasta que los dioses nos proporcionaron, con la instrucción y las enseñanzas necesarias, estos presentes de que hablan las antiguas tradiciones: Prometeo, el fuego; Vulcano y la diosa que le acompaña en los mismos trabajos, las artes; otras divinidades, las semillas y las plantas. He aquí cómo aparecieron todas las cosas que prestan auxilio al hombre para vivir, cuando los dioses, como hemos dicho, cesaron de gobernarlos y protegerlos directamente; cuando les fue preciso conducirse y protegerse a sí mismos, como hace este universo, que imitamos y que seguimos, naciendo y viviendo tan pronto de una manera como de otra. Pongamos fin a nuestra historia, y que nos sirva para reconocer hasta qué punto nos hemos engañado antes al definir al rey y al político.

SÓCRATES EL JOVEN. —¡Engañados! ¿Cómo? ¿Dónde está ese gran error de que hablas?

EXTRANJERO. —En un sentido es insignificante, pero en otro es mucho más grave y de más consecuencia que el de antes.

SÓCRATES EL JOVEN. —¿Cómo?

EXTRANJERO. —Se deseaba saber de nosotros qué son el rey y el político de la revolución y de la generación actual, y haciendo indagaciones en la época contraria, hemos mostrado el pastor de la raza humana de entonces, es decir, un dios en lugar de un mortal; con lo cual no nos hemos extraviado poco. Además, atribuyéndole el gobierno del Estado entero, sin explicar qué gobierno, hemos dicho la verdad, pero no la hemos dicho completa y claramente. También es esta una falta, aunque menos importante que la precedente.

SÓCRATES EL JOVEN. —Es cierto.

EXTRANJERO. —A mi parecer, sólo cuando se haya determinado la naturaleza del gobierno del Estado, será cuando nos convenceremos de que está completamente definido el hombre político.

SÓCRATES EL JOVEN. —Muy bien.

EXTRANJERO. —Al introducir aquí esta fábula, no ha sido nuestro único objeto probar que todo el mundo disputa la educación de los rebaños al que es objeto de la presente indagación; sino que hemos querido presentar con mayor claridad a aquel que, cuidando él sólo de la salud de la especie humana a la manera de los pastores y vaqueros, es el único digno del título de político.

SÓCRATES EL JOVEN. —Perfectamente.

EXTRANJERO. —Pero yo creo, Sócrates, que es demasiado elevada para un rey esta imagen del divino pastor; y que los políticos de nuestros días se parecen más por su naturaleza a sus subordinados, así como se aproximan más a ellos por su instrucción y por su educación.

SÓCRATES EL JOVEN. —Es muy exacto.

EXTRANJERO. —Pero debemos indagar su verdadero carácter, cualquiera que él sea, ni más ni menos.

SÓCRATES EL JOVEN. —Sin duda.

EXTRANJERO. —Volvamos a tomar el hilo del discurso. Al arte que, según hemos dicho, consiste en mandar por sí mismo a los animales, y que se ocupa, no de individuos aislados, sino de muchos reunidos, hemos llamado sin vacilar el arte de educar rebaños. No te habrás olvidado de esto.

SÓCRATES EL JOVEN. —No, ciertamente.

EXTRANJERO. —Pero en esto hemos cometido un error. Porque no hemos hecho mención ni nombrado al político, y no nos hemos apercibido de que se nos ocultaba bajo el nombre que le dábamos.

SÓCRATES EL JOVEN. —¿Cómo?

EXTRANJERO. —Alimentar su ganado es un deber de todos los pastores, pero no del político, al cual hemos atribuido así un nombre que no le conviene; y lo que debía hacerse era escoger uno que fuese común a todos los pastores a la vez.

SÓCRATES EL JOVEN. —Dices verdad, si existe tal nombre.

EXTRANJERO. —El cuidar, sin especificar ni el alimento ni ninguna otra acción particular, ¿no es una cosa común a todos los pastores? Y diciendo el arte de conducir los rebaños o de servirlos, o de tener cuidado de ellos, expresiones que convienen a todos, ¿no estaríamos seguros de comprender al político con todos los demás, como la discusión ha probado que debe hacerse?

SÓCRATES EL JOVEN. —Bien. Pero ¿cómo debe precederse, para hacer la división?

EXTRANJERO. —Lo mismo que antes distinguimos en el arte de alimentar los ganados el de alimentar los animales terrestres, los animales sin plumas, los animales sin cuernos, los animales que no se mezclan con otras especies; así también dividiendo de un modo semejante el arte de conducir los rebaños, habríamos comprendido igualmente en nuestro discurso, el reinado actual y el del tiempo de Saturno.

SÓCRATES EL JOVEN. —Lo creo; ¿pero después?

EXTRANJERO. —Es evidente que definiendo el reinado el arte de conducir los rebaños, nadie se hubiera atrevido a negar que el reinado tiene cuidado de algo; así como antes se nos objetaba con razón que no hay entre los hombres arte que merezca llamarse alimenticia, y que si la hubiera, pertenecería este título a otros muchos con más razón que al del rey.

SÓCRATES EL JOVEN. —Muy bien.

EXTRANJERO. —Relativamente al cuidado que debe tomarse de la sociedad humana, no hay arte que pueda rivalizar con el reinado, ya sea bajo el punto de vista de la dulzura, ya bajo el del poder.

SÓCRATES EL JOVEN. —No se puede hablar mejor.

EXTRANJERO. —¿No ves ahora, Sócrates, cuánto nos hemos engañado al hacer las últimas divisiones?

SÓCRATES EL JOVEN. —¿En qué?

EXTRANJERO. —En lo siguiente. Aun cuando hubiésemos sentado que existe un arte de alimentar los rebaños de animales de dos pies, no sería esta una razón para declarar que tal arte fuese verdaderamente el arte real y político.

SÓCRATES EL JOVEN. —¿Por qué?

EXTRANJERO. —Porque era preciso, como ya hemos dicho, mudar por lo pronto el nombre, y sustituir a la palabra «alimento», la palabra «cuidado»; porque era necesario después dividir el arte de tener cuidado, puesto que no comprende en verdad pocas divisiones.

SÓCRATES EL JOVEN. —¿Cuáles?

EXTRANJERO. —Es preciso poner de un lado el pastor divino y de otro el simple mortal, que tiene cuidado de su ganado.

SÓCRATES EL JOVEN. —Bien.

EXTRANJERO. —En seguida, este arte humano de tener cuidado hay que dividirlo en dos.

SÓCRATES EL JOVEN. —¿Cómo?

EXTRANJERO. —Según que se impone con violencia, o que libremente se acepta.

SÓCRATES EL JOVEN. —¿Qué dices?

EXTRANJERO. —Que hemos incurrido inocentemente en el mismo error que antes; esto es, hemos confundido al rey con el tirano, que son tan diferentes, ya se los considere en sí mismos, ya en su manera de gobernar.

SÓCRATES EL JOVEN. —Es cierto.

EXTRANJERO. —Impongámonos la pena de corregirnos, conforme a lo que acabo de decir, y dividamos en dos el arte humano de tener cuidado, según que hay violencia o acuerdo mutuo.

SÓCRATES EL JOVEN. —Enhorabuena.

EXTRANJERO. —Llamemos, pues, al arte de gobernar mediante la violencia, tiranía; y al arte de gobernar voluntariamente a animales bípedos, que se prestan a ello con gusto, política; y proclamemos que el que posee este arte, es el verdadero rey y el verdadero político.

SÓCRATES EL JOVEN. —Me complazco, Sócrates, en que hayamos expuesto completamente el carácter del hombre político.

EXTRANJERO. —Ojalá fuera así, Sócrates. Pero no basta que te des tú por satisfecho; es preciso que también me dé yo. Porque no creo, que la figura del rey esté bastantemente delineada. Así como los estatuarios, a veces, por una precipitación intempestiva, hacen ciertas partes demasiado grandes y otras demasiado pequeñas, retrasándose así por apresurarse más de lo debido; así nosotros, queriendo demostrar con harta ligereza y de una manera evidente el error de nuestra precedente división, y creyendo que convenía comparar el rey con los modelos más notables, hemos puesto en acción la masa inmensa de esta fábula, y nos hemos visto precisados a emplear una parte de ella más grande que la que se necesitaba. De esta manera, la exposición se ha hecho demasiado larga, y no hemos podido poner término a nuestra historia. Este discurso se parece verdaderamente a la imagen de un animal, cuyos contornos apareciesen suficientemente delineados, pero que careciese de relieve y de la distinción que da la combinación de las tintas y de los colores. Notad, que el dibujo y los procedimientos manuales, cuando se trata de representar un animal, están distantes de valer lo que la palabra y el discurso, por lo menos respecto a aquellos que saben manejarlos, porque en cuanto a los demás, los procedimientos manuales son preferibles.

SÓCRATES EL JOVEN. —¡Perfectamente! Pero dinos lo que no ha sido suficientemente aclarado.

EXTRANJERO. —Es difícil, querido mío, explicar con claridad las cosas grandes sin acudir a ejemplos. Porque, a mi parecer, lo que sabemos es como en sueños, y no al modo del que está despierto.

SÓCRATES EL JOVEN. —¿Por qué dices eso?

EXTRANJERO. —Ciertamente que soy muy necio al remover ahora la cuestión de la manera cómo se forma la ciencia en nosotros.

SÓCRATES EL JOVEN. —¿Por qué?

EXTRANJERO. —Mi mismo ejemplo, querido Sócrates, tiene necesidad de otro ejemplo.

SÓCRATES EL JOVEN. —¿Cómo? Habla, te lo suplico, y no omitas nada por mi causa.

EXTRANJERO. —Voy a hablar porque estás pronto a seguirme. Ya sabemos que los niños cuando apenas han comenzado a leer…

SÓCRATES EL JOVEN. —¿Qué?

EXTRANJERO. —Saben muy bien reconocer cada una de las letras en las sílabas más cortas y más fáciles, y son capaces de designarlas con exactitud.

SÓCRATES EL JOVEN. —En efecto.

EXTRANJERO. —Pero, por el contrario, vacilan acerca de estas mismas letras, cuando las ven en otras sílabas, y se engañan y se equivocan.

SÓCRATES EL JOVEN. —Es muy cierto.

EXTRANJERO. —¿No sería muy fácil y muy bueno conducirles de esta manera hacia aquello que ignoran?

SÓCRATES EL JOVEN. —¿De qué manera?

EXTRANJERO. —Primero, llamándoles la atención sobre las sílabas, en las que han sabido reconocer estas mismas letras, y colocando al lado, en el mismo instante, las sílabas, que ellos no conocen aún; hacerles ver mediante la comparación, que las letras tienen la misma forma y la misma naturaleza en unas que en otras sílabas; de manera que, colocadas las palabras conocidas cerca de las desconocidas, aparezcan con toda claridad, y apareciendo claramente, sean como otros tantos ejemplos, que les enseñarán en toda clase de sílabas a enunciar como diferentes las letras que son diferentes, y como idénticas las que son idénticas.

SÓCRATES EL JOVEN. —Perfectamente.

EXTRANJERO. —Haz la aplicación a lo presente, puesto que tenemos un ejemplo; y así, cuando, encontrándose lo mismo en dos cosas separadas, nosotros lo reconozcamos como lo mismo concibiendo su unidad en medio de la misma diversidad, entonces formamos una sola opinión y una opinión verdadera.

SÓCRATES EL JOVEN. —Así parece.

EXTRANJERO. —¿Extrañaremos, pues, que nuestra alma, que está naturalmente en el mismo estado con relación a los elementos de todas las cosas, encuentre tan pronto la verdad en ciertos compuestos de estos elementos, como se extravíe, desconociéndolos, cuando recaen en otros objetos? ¿Extrañaremos que forme una opinión exacta sobre determinados elementos, cuando los encuentra en ciertos todos, y que los desconozca enteramente, cuando aparecen en otras composiciones, o por decirlo así, en las sílabas largas y difíciles, que constituyen los cosas?

SÓCRATES EL JOVEN. —No, no hay que extrañarlo.

EXTRANJERO. —En efecto, querido mío, ¿cómo será posible, cuando se parte de una opinión falsa, aspirar a la menor partícula de verdad, ni adquirir tampoco la sabiduría?

SÓCRATES EL JOVEN. —Es casi imposible.

EXTRANJERO. —Así es, y no obraremos mal tú y yo, si procedemos de la manera siguiente: estudiemos primero la naturaleza del tipo del rey en general en cualquier ejemplo particular; después elevémonos desde aquí a la idea de rey, que por grande que sea, no difiere de la que hayamos examinado en menores proporciones, y de este modo llegaremos a reconocer regularmente en qué consiste el cuidado de los asuntos del Estado; y pasaremos así del sueño a la vigilia.

SÓCRATES EL JOVEN. —No es posible explicarse mejor.

EXTRANJERO. —Es preciso retroceder a lo que dijimos antes; esto es que disputando muchos a la raza de los reyes el cuidado de las ciudades, es preciso descartar a todos, y dejar sólo aparte al rey. Y para hacer esto, ya sabemos que tenemos necesidad de un ejemplo.

SÓCRATES EL JOVEN. —Muy bien.

EXTRANJERO. —¿De qué ejemplo nos valdremos, que, encerrando en muy limitadas proporciones los mismos elementos que el arte político, nos haga conocer claramente el objeto de nuestra indagación? ¿Quieres, ¡por Júpiter! Sócrates, que si no tenemos a la mano otra cosa mejor, tomemos como ejemplo el arte del tejedor, y aun si te parece, el arte en toda su extensión? Creo que el arte de tejer la lana nos bastará, y sin duda esta parte, que preferirnos a todas las demás, nos enseñará lo que queremos saber.

SÓCRATES EL JOVEN. —¿Por qué no?

EXTRANJERO. —Si antes hemos dividido nuestro asunto y distinguido las partes y las partes de las partes, ¿por qué no hemos de obrar lo mismo respecto al arte de tejer? ¿Por qué no hemos de recorrer toda la extensión de este arte, lo más rápidamente posible para ir a parar en lo que puede servirnos para descubrir la verdad?

SÓCRATES EL JOVEN. —¿Qué es lo que dices?

EXTRANJERO. —Comenzando a hacer lo que digo es como voy a responderte.

SÓCRATES EL JOVEN. —Muy bien.

EXTRANJERO. —Todas las cosas que nosotros hacemos o que poseemos, son instrumentos para obrar, o preservativos para no sufrir. Los preservativos son remedios divinos o humanos, medios de defensa. Los medios de defensa son armas para la guerra o antemurales. Los antemurales son velos para impedir la luz, o abrigos contra el frío y el calor. Los abrigos son techos o telas. Las telas son tapices o trajes. Los trajes son de una sola pieza o compuestos de muchas partes. Los que son compuestos de muchas partes, son abiertos o ajustados y sin abertura. Los que no tienen abertura están hechos con las fibras de las plantas de la tierra o con pelo. Los que están hechos con pelo, están pegados con agua y tierra, o unidos hilo a hilo. Ahora bien, a estos preservativos y a estas telas, así formados por el simple trabazón de los hilos, hemos dado el nombre de vestido; y en cuanto al arte, que se refiere a la hechura de los vestidos, a la manera que antes dimos el nombre de política a lo que se refiere al gobierno de los pueblos, así llamamos a esto, valiéndonos del nombre de la cosa misma, el arte de vestir. Digamos, en fin, que el arte del tejedor, abrazando la porción más considerable del arte de hacer vestidos, no difiere de éste sino en el nombre, absolutamente en lo mismo que, según dijimos, el arte del rey difiere del del político.

SÓCRATES EL JOVEN. —Perfectamente.

EXTRANJERO. —Fijémonos ahora en que el arte de tejer los vestidos, así definido, sólo parecería estarlo suficientemente a los que no sean capaces de percibir que por haberle separado de muchas artes de la misma familia, no le hemos distinguido aún de otras artes, que le prestan su concurso.

SÓCRATES EL JOVEN. —¿De qué artes lo hemos separado?

EXTRANJERO. —No has seguido mi razonamiento al parecer. Es preciso, si no me engaño, volver atrás, comenzando por el fin; porque si reflexionas en el parentesco de las especies, ve aquí una que acabamos de separar del arte de tejer los trajes, a saber, la de fabricación de las alfombras, distinguiendo lo que se aplica a las personas de lo que se pone en el suelo.

SÓCRATES EL JOVEN. —Entiendo.

EXTRANJERO. —También hemos separado las artes, que emplean el lino, el esparto, y generalmente todo lo que hemos llamado con razón los filamentos de las plantas. El arte de abatanar ha sido eliminado a su vez, así como el arte de fabricar, agujereando y cosiendo, y cuya principal parte es el arte del zapatero.

SÓCRATES EL JOVEN. —Muy bien.

EXTRANJERO. —El arte del manguitero, que prepara las cubiertas de una sola pieza, la construcción de abrigos, todas las artes, que en la arquitectura y en el arte de construir en general tienen por objeto preservarnos del agua y de la humedad, todas estas las hemos descartado de una vez; y así mismo las artes que, por medio de cerramientos, nos defienden de robos y violencias; las que nos enseñan a construir coberteras; y las que reúnen sólidamente las diferentes piezas de las puertas, y que forman parte del arte de clavar. También hemos separado la fabricación de armas, que es una parte del arte tan vasto y tan diverso de preparar los medios de defensa; lo mismo hemos hecho desde luego con la magia, que tiene por objeto la preparación de remedios; de suerte, que no hemos conservado, a lo que parece, más que el arte reservado por nosotros, para preservarnos de la intemperie del aire con un muro de lana, y que se llama arte del tejedor.

SÓCRATES EL JOVEN. —Así parece, en efecto.

EXTRANJERO. —Sin embargo, querido mío, lo que he dicho no es aún completo, porque evidentemente el que pone la primera mano en la fabricación de los vestidos hace todo lo contrario que un tejedor.

SÓCRATES EL JOVEN. —¿Cómo?

EXTRANJERO. —Tejer es entrelazar.

SÓCRATES EL JOVEN. —Sí.

EXTRANJERO. —Ahora bien, la otra operación consiste en separar lo que está unido y entrelazado.

SÓCRATES EL JOVEN. —¿Qué operación?

EXTRANJERO. —La de cardar. ¿O nos atreveremos a llamar al arte de cardar arte de tejer, y al cardador tejedor?

SÓCRATES EL JOVEN. —No, ciertamente.

EXTRANJERO. —La elaboración de la urdimbre y de la trama, ¿puede llamarse arte de tejer? ¿No sería servirse de una denominación falsa e impropia?

SÓCRATES EL JOVEN. —Sí, sin duda.

EXTRANJERO. —¿Pero negaremos que el arte del batanero en general y el arte de coser se ocupan y hacen relación a los vestidos, o bien diremos que son todos artes de tejer?

SÓCRATES EL JOVEN. —Nada de eso.

EXTRANJERO. —No es menos cierto, que estas disputarán al arte del tejedor el cuidado y la fabricación de los vestidos; y que aun concediendo a la última la parte principal, se atribuirán a sí propias una buena parte.

SÓCRATES EL JOVEN. —En efecto.

EXTRANJERO. —Además de todas estas artes, téngase entendido, que todos los que fabrican los instrumentos que emplea el arte de tejer, no dejarán de pretender, que también concurren a la formación de los vestidos.

SÓCRATES EL JOVEN. —Esa observación es muy justa.

EXTRANJERO. —Y bien, ¿la definición del arte del tejedor o de la parte que hemos escogido quedará suficientemente deslindada, si la declaramos la más bella y la más grande de todas las artes relativas a los vestidos de lana? ¿O mas bien, nuestras palabras, aun cuando sean exactas, serán oscuras e imperfectas, hasta que hayamos distinguido las demás artes de ésta?

SÓCRATES EL JOVEN. —Muy bien.

EXTRANJERO. —¿No es esto precisamente lo que tenemos que hacer, si queremos proceder en nuestra discusión con orden?

SÓCRATES EL JOVEN. —Sin duda.

EXTRANJERO. —Luego debemos distinguir desde luego en todo lo que hacemos dos artes diferentes.

SÓCRATES EL JOVEN. —¿Cuáles?

EXTRANJERO. —La que ayuda a producir y la que produce.

SÓCRATES EL JOVEN. —¿Cómo?

EXTRANJERO. —Las artes, que no fabrican la cosa misma, pero que proporcionan a los que fabrican los instrumentos, sin los cuales ningún arte llenaría su cometido, no son más que artes auxiliares; y las que ejecutan la cosa misma son artes productoras.

SÓCRATES EL JOVEN. —Eso es muy razonable.

EXTRANJERO. —Y las artes que construyen los usos, las lanzaderas y todos los instrumentos, que se refieren a la fabricación de los vestidos, las llamaremos artes auxiliares; y a las que tienen por objeto la confección de los vestidos, artes productoras.

SÓCRATES EL JOVEN. —Perfectamente.

EXTRANJERO. —Entre las artes productoras conviene comprender las artes de lavar, remendar, y todas las que se ocupan de operaciones análogas, que forman parte del arte tan vasto del adorno, y llamarlas a todas con el nombre común de arte de abatanar.

SÓCRATES EL JOVEN. —Bien.

EXTRANJERO. —Y las artes de cardar, hilar, y todas aquellas que tienen relación con esta fabricación de los vestidos de que se trata, forman en conjunto un arte único, al cual todo el mundo llama arte de trabajar la lana.

SÓCRATES EL JOVEN. —¿Cómo negarlo?

EXTRANJERO. —Pero el arte de trabajar la lana tiene dos divisiones, cada una de las cuales forma por sí misma parte de dos artes diferentes.

SÓCRATES EL JOVEN. —¿Cómo?

EXTRANJERO. —Por una parte el arte de cardar, la mitad del arte de tejer, el de los que separan lo que estaba reunido, todo esto, para designarlo con una sola palabra, forma parte del arte de trabajar la lana; y hay para nosotros en todas las cosas dos artes muy vastas, la que divide y la que reúne.

SÓCRATES EL JOVEN. —Sí.

EXTRANJERO. —Al arte de dividir pertenecen el arte de cardar y todas las que acabamos de nombrar; porque cuando se trabaja sobre la lana y los hilos, sea abatanando, sea con la mano sola, recibe el arte, que divide, todos los diferentes nombres que enunciamos antes.

SÓCRATES EL JOVEN. —Perfectamente.

EXTRANJERO. —Por otra parte, tenemos ahora una parte del arte de reunir, que está al mismo tiempo comprendida en el arte de trabajar la lana. Despreciemos todas las demás partes del arte que divide, y distingamos en el arte de trabajar la lana, el que divide y el que reúne.

SÓCRATES EL JOVEN. —Sí, hagamos esta distinción.

EXTRANJERO. —Y bien, Sócrates, en el arte de trabajar la lana es preciso que distingamos el arte que reúne, si queremos llegar a concebir claramente este arte del tejedor, que nos hemos propuesto por ejemplo.

SÓCRATES EL JOVEN. —Es preciso.

EXTRANJERO. —Sin duda lo es. Digamos, pues, que el arte, que reúne, comprende el arte de torcer y el arte de entretejer.

SÓCRATES EL JOVEN. —¿Te he comprendido bien? Me parece que refieres al arte de torcer la preparación del hilo de la urdimbre.

EXTRANJERO. —No sólo la preparación del hilo de la urdimbre, sino también la de la trama misma. ¿Habría medio de formar la trama sin torcerla?

SÓCRATES EL JOVEN. —No, ciertamente.

EXTRANJERO. —Divide aún estas dos partes, porque quizá esta división te será útil para algo.

SÓCRATES EL JOVEN. —¿Cómo?

EXTRANJERO. —De la manera siguiente: lo que produce el arte de cardar, y que tiene largura y anchura, lo llamaremos hilaza.

SÓCRATES EL JOVEN. —Sí.

EXTRANJERO. —Y bien, a esta hilaza puesta en el huso y convertida en hilo sólido, llámala hilo de la urdimbre; y al arte que preside a esta operación llámale arte de formar el hilo de la urdimbre.

SÓCRATES EL JOVEN. —Bien.

EXTRANJERO. —Por otra parte, todos los hilos que son objeto de una débil torcedura, y que entrelazados en la urdimbre, se hacen, mediante la operación del batan, suaves y lisos hasta cierto punto, llamémoslos trama cuando están yuxtapuestos; y al arte, que precede a este trabajo, llamémosle el arte de formar la trama.

SÓCRATES EL JOVEN. —Muy bien.

EXTRANJERO. —La parte del arte del tejedor, que hemos intentado examinar, aparece ya con toda claridad. En efecto, cuando la porción del arte de reunir, que se refiere al arte de trabajar la lana por el enlace perpendicular de la trama y de la urdimbre, forma un tejido, llamamos a este tejido un vestido de lana; y al arte de fabricarlo, arte del tejedor.

SÓCRATES EL JOVEN. —Muy bien.

EXTRANJERO. —En buena hora. Pero ¿por qué en lugar de responder desde luego, que el arte del tejedor es el de entrelazar la trama y la urdimbre, hemos dado estas vueltas, y hecho mil divisiones inútiles?

SÓCRATES EL JOVEN. —Me parece, extranjero, que nada de cuanto hemos dicho es inútil.

EXTRANJERO. —No me sorprendo de que así te parezca; pero quizá en otra ocasión, querido mío, no pensarás como ahora. Quizá con el tiempo este mal pueda acometerte más de una vez, lo que no me sorprendería; y así, por si llega el caso, escucha un razonamiento, que se aplica a todos los casos de esta especie.

SÓCRATES EL JOVEN. —Veamos, habla.

EXTRANJERO. —Comencemos por considerar de una manera general el exceso y el defecto, para aprender a alabar o Vituperar con razón lo que peca por demasiado largo o por demasiado corto en las discusiones de esta clase.

SÓCRATES EL JOVEN. —Eso es lo que debemos hacer.

EXTRANJERO. —Un razonamiento, que recaiga sobre esta materia, no puede ser, a mi juicio, un razonamiento superfluo.

SÓCRATES EL JOVEN. —¿Sobre qué materia?

EXTRANJERO. —La extensión y la brevedad, y en general el exceso y el defecto; porque todas estas cosas pertenecen al arte de medir.

SÓCRATES EL JOVEN. —Sí.

EXTRANJERO. —Dividámoslo en dos partes, porque esto es indispensable para llegar al objeto que nos proponemos.

SÓCRATES EL JOVEN. —Pero ¿cómo se hace esta división? Habla.

EXTRANJERO. —De la manera siguiente. La una considerará la magnitud y la pequeñez en sus relaciones recíprocas; la otra en su esencia necesaria, la que hace que sean lo que son.

SÓCRATES EL JOVEN. —¿Qué dices?

SÓCRATES. —¿No te parece natural, que lo más grande se diga que es más grande con relación a lo que es más pequeño; y que lo más pequeño se diga más pequeño con relación a lo que es más grande?

SÓCRATES EL JOVEN. —Así me parece.

EXTRANJERO. —¿Pero podremos negar que lo que va más allá o queda más acá del justo medio en los discursos y en las acciones existe verdaderamente, y que es lo que distingue entre nosotros principalmente los buenos de los malos?

SÓCRATES EL JOVEN. —En efecto.

EXTRANJERO. —Nos es, pues, indispensable sentar esta doble naturaleza y este doble juicio de lo grande y de lo pequeño, y en lugar de limitarnos, como dijimos antes, a observarlos en sus relaciones, compararlos a la vez, como decimos ahora, el uno con el otro y con el justo medio. ¿Por qué? ¿Quieres saberlo?

SÓCRATES EL JOVEN. —Sin duda.

EXTRANJERO. —Si nos fuese posible considerar la naturaleza de lo más grande de otra manera que con relación a lo más pequeño, no se tendría para nada en cuenta el justo medio. ¿No es así?

SÓCRATES EL JOVEN. —Es cierto.

EXTRANJERO. —Si se procediera de esta manera, ¿no suprimiríamos las artes mismas y todas sus obras, y anonadaríamos la política, objeto al presente de nuestras indagaciones, y aun el arte de tejedor de que acabamos de hablar? Porque todas estas artes no niegan la existencia del más ni del menos del justo medio; por el contrario los admiten, si bien procuran en sus operaciones mirarlos como un peligro, y por este medio, es decir, manteniéndose en este justo medio, producen sus obras maestras.

SÓCRATES EL JOVEN. —Es cierto.

EXTRANJERO. —Pero si suprimimos la política, ¿cómo podremos indagar después en qué consiste la ciencia real?

SÓCRATES EL JOVEN. —En efecto, no podríamos.

EXTRANJERO. —Pues bien; lo mismo que en el Sofista probamos que el no-ser existe, porque es el único medio de salvar el discurso, lo mismo probaremos ahora que el más y el menos son conmensurables; no sólo entre sí, sino también con el justo medio. Porque es imposible admitir, que ni el hombre político, ni ningún otro, muestren sabiduría y habilidad en sus acciones, sino se conviene desde luego en este punto.

SÓCRATES EL JOVEN. —Entonces es necesario hacer esta explicación ahora mismo.

EXTRANJERO. —He aquí, Sócrates, un nuevo asunto de más consideración que el otro, aunque no hayamos podido olvidar cuán extenso fue éste. Pero, por lo menos, es muy justo dar por respuesta una cosa.

SÓCRATES EL JOVEN. —¿Qué cosa?

EXTRANJERO. —Que no solamente podremos algún día tener necesidad de lo que hemos dicho, para exponer en qué consiste la exactitud; sino que para llegar además a la demostración clara y completa del objeto de nuestra indagación presente, encontraremos un auxiliar maravilloso en esta idea de que no se puede admitir la existencia de ningún arte sin reconocer la de un más y la de un menos, susceptibles de ser medidos, no solamente entre sí, sino también con relación a un medio que existe realmente. Porque si este medio existe, el más y el menos existen; y si estos existen, aquel existe igualmente; pero si uno u otro de estos términos perece, entonces perecen ambos a la vez.

SÓCRATES EL JOVEN. —Bien dicho; pero y luego ¿qué haremos?

EXTRANJERO. —Es evidente que dividiremos el arte de medir conforme a lo que se ha dicho, separándole en tres partes; colocando en la una todas las artes, en las que el número, la longitud, la latitud, la profundidad y el espesor se miden por sus contrarias; y en la otra, las que toman por medida el justo medio, la conveniencia, la oportunidad, la utilidad y generalmente todo lo que está colocado a igual distancia de los extremos.

SÓCRATES EL JOVEN. —Citas dos divisiones muy vastas y profundamente diferentes.

EXTRANJERO. —Sí, Sócrates, lo que muchos hombres hábiles declaran, en la persuasión de que enuncian una sabia máxima, a saber, que el arte de medir se extiende a todo lo que pasa en el universo, es precisamente lo que decimos ahora. Todas las obras de arte, en efecto, participan en cierta manera de la medida. Pero como los que dividen tienen el hábito de proceder teniendo en cuenta las especies, se apresuran a reunir las cosas más diversas, mezclándolas y juzgándolas semejantes; y por un error contrario, dividen en muchas partes cosas que no difieren entre sí. Para obrar bien, sería preciso, después de haber reconocido en una multitud de objetos caracteres comunes, fijarse en ellos, hasta haber percibido, bajo esta semejanza, todas las diferencias que se encuentran en las especies; y sería preciso, con respecto a las diferencias que pueden percibirse en una multitud de objetos, que no se las deje de la mano hasta que se hayan reunido todos los objetos de una misma familia bajo una semejanza única, y se los haya encerrado en la esencia de un género. Basta lo dicho sobre estas cosas, así como sobre el exceso y el defecto. Tengamos, sí, presente que hemos encontrado dos especies del arte de medir, y procuremos recordar lo que se ha dicho.

SÓCRATES EL JOVEN. —Nos acordaremos.

EXTRANJERO. —A estas reflexiones añadamos una última sobre el objeto que indagamos, y en general sobre lo que tiene lugar en todas las discusiones análogas.

SÓCRATES EL JOVEN. —¿Y qué es?

EXTRANJERO. —Si a propósito de los niños, que se reúnen para aprender las letras, nos preguntase cualquiera, si cuando se interroga a alguno de ellos sobre las letras de que se compone una palabra, no tendría este otro deseo que el de satisfacer a esta pregunta, o si querría habilitarse para contestar a todas las preguntas análogas; ¿qué le responderíamos?

SÓCRATES EL JOVEN. —Que ha querido evidentemente hacerse capaz de responder a todas las preguntas análogas.

EXTRANJERO. —¡Y qué!, ¿será posible que nos consagremos a esta indagación sobre la política sólo para aprender la política, o lo haremos para llegar a ser más hábiles dialécticos sobre todas las cosas?

SÓCRATES EL JOVEN. —Evidentemente para hacernos más hábiles dialécticos en todas las cosas.

EXTRANJERO. —Seguramente ningún hombre sensato querría estudiar la definición del arte del tejedor sólo por ella misma. Lo que se ha ocultado a los más, a mi entender, es que cuando se trata de ciertas cosas fácilmente accesibles, existen imágenes sensibles, que fácilmente se muestran al que pregunta sobre cualquier cosa, cuando se intenta hacérsela comprender sin trabajo, sin indagación y sin el auxilio del razonamiento; mientras que, por el contrario, para las cosas grandes y elevadas, no hay imagen que pueda llevar la evidencia al espíritu de los hombres, ni basta para satisfacer al interrogante, remitirle a tal o cual de sus sentidos. Por esta razón es preciso trabajar, para adquirir la capacidad de explicar y de comprender una cosa por el mero razonamiento; porque las cosas incorporales, por bellas y grandes que sean, sólo se las puede concebir por el simple razonamiento y no por otro medio; y a ellas se refiere cuanto aquí decimos. Pero es más fácil ejercitarse en las cosas pequeñas que en las grandes.

SÓCRATES EL JOVEN. —Muy bien dicho.

EXTRANJERO. —¿Por qué hemos referido todo esto? Recordémoslo.

SÓCRATES EL JOVEN. —¿Por qué?

EXTRANJERO. —Ha sido principalmente a causa de la impaciencia, que en nosotros ha causado lo manoseado de nuestros razonamientos sobre el arte del tejedor, y antes sobre la revolución de los astros, y en el Sofista sobre la existencia del no-ser. Estamos persuadidos de que en todo esto nos hemos extendido demasiado, y nos hemos acusado a nosotros mismos, temiendo haber dicho cosas a la vez demasiado largas y superfluas. Ten presente que para no volver a incurrir en lo sucesivo en el mismo error, acabamos de decir lo que precede.

SÓCRATES EL JOVEN. —Lo entiendo. Continúa.

EXTRANJERO. —Continúo, y digo, que debemos, tú y yo, acordarnos de lo que acaba de decirse, y tener cuidado en adelante de alabar o censurar la brevedad o extensión de nuestros discursos, tomando como regla de nuestros juicios, no la extensión relativa, sino esta parte del arte de medir, que, según hemos dicho, debe estar constantemente presente en el espíritu, y que descansa en la consideración de lo que es conveniente.

SÓCRATES EL JOVEN. —Bien.

EXTRANJERO. —Sin embargo, nos ceñiremos por completo a esta regla. No nos privaremos de ciertas digresiones que pueden ser agradables, a menos que sean extrañas a la cuestión. Y con respecto al medio de encontrar del modo más fácil y más prontamente posible la solución del problema de que se trata, la razón nos aconseja ponerlo en segunda línea y no en primera. El honor del primer rango pertenece incontestablemente al método, que nos pone en estado de dividir por especies, y nos enseña, si una discusión prolongada debe hacer al oyente más inventivo, a consagrarnos a ella sin impacientarnos por su extensión; así como, si la discusión debe ser corta, nos enseña a preferir la brevedad. Añadamos que si se encuentra un hombre, que, en esta clase de discusiones, censura los discursos largos y no aprueba estos perpetuos rodeos y estas vueltas, es preciso no dejarle marchar a seguida de haber criticado la extensión de lo que se dice, sino que debe exigírsele que pruebe claramente de qué modo una discusión más breve habría hecho a los que discuten mejores dialécticos y más hábiles para hallar la demostración de las cosas mediante el razonamiento. En cuanto a los demás elogios o censuras, no hay que cuidarse de ellos, ni aun mostrar que se oyen. Me parece que sobre este punto basta con lo dicho; y si piensas como yo, volvamos al hombre político, para aplicar al caso nuestro ejemplo del tejedor de que acabamos de hablar.

SÓCRATES EL JOVEN. —Muy bien; hagamos lo que dices.

EXTRANJERO. —Hemos separado ya al rey de las artes numerosas, que tienen por objeto la educación y el alimento, o más bien, de todas las artes que se ocupan de los rebaños. Ahora sólo nos quedan, por decirlo así, en el Estado las artes auxiliares y productoras, y es preciso comenzar por distinguir unas de otras.

SÓCRATES EL JOVEN. —Bien.

EXTRANJERO. —¿Sabes que es difícil dividirlas en dos clases? El por qué, se verá con más claridad, cuando haya avanzado más la discusión.

SÓCRATES EL JOVEN. —Pues avancemos.

EXTRANJERO. —Dividámoslas por miembros, como las víctimas, ya que no podemos dividirlas en dos; porque es preciso preferir siempre el número más próximo a éste.

SÓCRATES EL JOVEN. —¿Y cómo lo haremos?

EXTRANJERO. —Como antes, cuando colocamos todas las artes, que suministran instrumentos al tejedor, en la clase de artes auxiliares.

SÓCRATES EL JOVEN. —Bien.

EXTRANJERO. —Lo que entonces hicimos, es más indispensable hacerlo ahora. Todas las artes que fabrican para el Estado instrumentos, chicos o grandes, es preciso considerarlas como artes auxiliares. Sin ellas, en verdad, no habría ni Estado, ni política; y sin embargo, ninguna de ellas forma parte de la ciencia real.

SÓCRATES EL JOVEN. —No, ciertamente.

EXTRANJERO. —Vamos a intentar una empresa difícil al ensayar distinguir esta especie de las otras; porque si alguno dijese que nada hay que no sea instrumento de otra cosa, enunciaría una proposición muy probable, y sin embargo entre las cosas que posee el Estado hay una, que no tiene este carácter.

SÓCRATES EL JOVEN. —¿Cuál?

EXTRANJERO. —Una cosa que no tiene esta virtud. En efecto, ella no está formada, como un instrumento, para producir, sino sólo para conservar lo que ha sido producido y elaborado.

SÓCRATES EL JOVEN. —¿Cuál es?

EXTRANJERO. —Esta especie múltiple y diversa, compuesta de elementos secos y húmedos, calientes y fríos, que llamamos con un solo nombre, con el de vasijas; especie muy extensa, y que no tiene; que yo sepa, ninguna relación con la ciencia que buscamos.

SÓCRATES EL JOVEN. —Ninguna, seguramente.

EXTRANJERO. —Es preciso considerar también una tercera especie de objetos, diferente de los precedentes, muy variada, terrestre y acuática, móvil e inmóvil, noble y vil, pero que no tiene más que un nombre, porque tiene un solo destino, que es el de suministrarnos asientos para sentarnos.

SÓCRATES EL JOVEN. —¿Cuál?

EXTRANJERO. —Es lo que llamamos carruaje. Ciertamente no es obra de la política, sino más bien del arte del carpintero, del alfarero y del herrero.

SÓCRATES EL JOVEN. —Entiendo.

EXTRANJERO. —¿No procede también considerar una cuarta especie? ¿No es preciso decir, que hay una especie diferente de las precedentes, que comprende la mayor parte de las cosas, de que acaba de hablarse, vestidos de toda clase, un gran número de armas, los muros, las murallas y otros mil objetos análogos? Estando hechas todas estas cosas para protegernos, sería muy justo designarlas en general con el nombre de abrigos; y sería mucho más exacto referirlas en su mayor parte al arte del arquitecto y del tejedor más bien que a la ciencia política.

SÓCRATES EL JOVEN. —Es cierto.

EXTRANJERO. —¿No colocaremos en una quinta especie el arte de la ornamentación, la pintura, la música, todas las imitaciones que se realizan con el concurso de estas artes, que tienen por único objeto el placer, y que con razón se las podría reunir bajo una sola denominación?

SÓCRATES ÉL JOVEN. —¿Cuál?

EXTRANJERO. —Las artes de recreo.

SÓCRATES EL JOVEN. —Perfectamente.

EXTRANJERO. —He aquí el nombre que conviene a todas estas cosas y por el que es preciso designarlas, porque ninguna tiene un objeto serio, y lo único que se proponen es la distracción.

SÓCRATES EL JOVEN. —También comprendo eso.

EXTRANJERO. —¿Pero no formaremos una sexta especie con esta otra que suministra a cada una de las artes, de que acabamos de hablar, los cuerpos, con los cuales y sobre los cuales ellas operan, especie muy variada y que procede de otras muchas artes?

SÓCRATES EL JOVEN. —¿Qué quieres decir?

EXTRANJERO. —El oro, la plata y todos los metales que se extraen de las minas; todo lo que el arte de cortar y tallar los árboles suministra a la carpintería y a la ebanistería; el arte que arranca a las plantas su corteza; el del zurrador que despoja los animales de su piel; todas las artes análogas que nos preparan el corcho, el papel y las maromas; todo esto suministra especies simples de trabajo con los que podemos formar especies compuestas. Llamemos a todo esto junto propiedad primitiva del hombre, por naturaleza simple y completamente extraña a la ciencia real.

SÓCRATES EL JOVEN. —Bien.

EXTRANJERO. —Con la posesión de los alimentos y con todo lo que, al mezclarse con nuestro cuerpo, tiene la virtud de fortificar con sus partes las partes de este cuerpo, hagamos una séptima especie y designémosla en toda su extensión con el nombre de abastecimiento, si no encontramos otro mejor que darle. Ahora bien, a la agricultura, a la caza, a la gimnasia, a la medicina y a la cocina referiremos esta especie con más razón que a la política.

SÓCRATES EL JOVEN. —Es imposible negarlo.

EXTRANJERO. —Todo lo que se puede poseer, a excepción de los animales domesticados, me parece estar comprendido en estas siete especies. Examínalo en efecto. Desde luego las materias primeras procedía colocarlas al principio; y después de esto los instrumentos, las vasijas, los carruajes, los abrigos, los adornos y la alimentación. Omitamos lo que ha podido olvidársenos, que es de poca importancia y entra en las precedentes divisiones; por ejemplo, las monedas, los sellos y en general las estampas; porque todas estas cosas no se unen entre sí, de manera que formen un nuevo género. Las unas se refieren a los adornos, y las otras a los instrumentos, no sin resistencia quizá, pero empujándolas con energía hacia una u otra de estas especies, concluyen por acomodarse en ellas. En cuanto a la posesión de los animales domesticados, no contando los esclavos, el arte de educar los ganados, que hemos distinguido precedentemente, los abraza todos de una manera indudable.

SÓCRATES EL JOVEN. —Es incontestable.

EXTRANJERO. —Sólo nos falta la especie de los esclavos, y en general de los servidores, entre los cuales, a lo que sospecho, van a aparecer los que disputan al rey la elaboración del tejido mismo que está llamado a formar; a la manera que vimos antes, que los que hilan, los que cardan y los que hacen alguna de las operaciones de que antes hablamos, disputaban el título a los tejedores. En cuanto a todos los demás, que hemos llamado auxiliares, los hemos descartado con todas las obras de que acaba de hablarse, y les hemos rehusado positivamente las funciones de rey y de político.

SÓCRATES EL JOVEN. —Por lo menos así me parece.

EXTRANJERO. —Pues bien; examinémoslos que restan, aproximándonos más a ellos para verlos mejor.

SÓCRATES EL JOVEN. —Sí, hagamos lo que dices.

EXTRANJERO. —Por lo pronto encontramos que los servidores más notables, a juzgar desde este punto, tienen ocupaciones y una condición del todo contrarias a lo que nosotros hemos creído.

SÓCRATES EL JOVEN. —¿Qué servidores?

EXTRANJERO. —Los que se adquieren y compran por dinero. Sin dificultad podemos llamarlos esclavos, y decir que no participan absolutamente nada de la ciencia real.

SÓCRATES EL JOVEN. —Es incontestable.

EXTRANJERO. —Pero todos esos hombres libres, que voluntariamente se afilian con los anteriores en la clase de servidores, trasportando y distribuyendo entre sí los productos de la agricultura y de las demás artes; fijándose estos en las plazas públicas; comprando y vendiendo aquellos de ciudad en ciudad, por mar o por tierra; cambiando unos objetos por moneda, y moneda por moneda otros; los cambistas, los comerciantes, los patronos de naves, los traficantes, como nosotros los llamamos; todas estas gentes ¿tienen pretensiones de aspirar a la ciencia política?

SÓCRATES EL JOVEN. —A la ciencia mercantil, quizá sí.

EXTRANJERO. —Pero los mercenarios que reciben gajes y que están dispuestos a servir al primero que reclame sus servicios, ¿creeremos que participan en algo de la ciencia política?

SÓCRATES EL JOVEN. —No es posible que puedan pretenderlo.

EXTRANJERO. —¿Y los que incesantemente llenan por nosotros ciertas funciones?

SÓCRATES EL JOVEN. —¿Qué funciones y qué hombres son esos?

EXTRANJERO. —La clase de los heraldos, los hombres hábiles en redactar escritos, y que frecuentemente nos prestan su ministerio, y otros tantos muy versados en el arte de desempeñar ciertas funciones cerca de los magistrados; ¿qué diremos de todos estos?

SÓCRATES EL JOVEN. —Lo que tú dijiste antes; que estos son servidores, pero no jefes del Estado.

EXTRANJERO. —Sin embargo, no he sido, que yo sepa, juguete de un sueño, cuando he dicho que en esta categoría veríamos aparecer los que tienen las mayores pretensiones a la ciencia política; y eso que parecerá extraño en verdad, que los busque nos en la clase de los servidores.

SÓCRATES EL JOVEN. —Es extraño, en efecto.

EXTRANJERO. —Aproximémonos, y miremos más de cerca a aquellos que no hemos sometido aún a la piedra de toque. Encontramos los adivinos, que tienen una parte de la ciencia del servidor, porque se los considera como los intérpretes de los dioses cerca de los hombres.

SÓCRATES EL JOVEN. —Sí.

EXTRANJERO. —Tenemos también la clase de los sacerdotes, que, según opinión recibida, saben presentar en nuestro nombre ofrendas a los dioses en los sacrificios de manera que les sean agradables, y saben también pedir por nosotros a los mismos dioses los bienes que deseamos. Ahora bien, estas son verdaderamente las dos partes de la ciencia del servidor.

SÓCRATES EL JOVEN. —Eso parece claro.

EXTRANJERO. —Si no me engaño, hemos al fin dado con un rastro, que podemos seguir. En efecto, el orden de los sacerdotes y el de los adivinos tienen una alta opinión de sí mismos e inspiran un profundo respeto a causa de lo elevado de sus funciones. En Egipto nadie puede reinar sin pertenecer a la clase sacerdotal; y si un hombre de una clase inferior se apodera del trono por la violencia, necesariamente tiene que concluir por entrar en este orden. Entre los griegos, en muchas partes, son los primeros magistrados y presiden a los principales sacrificios. Y entre vosotros, precisamente se observa con más claridad lo que estoy diciendo; porque, según se asegura, al que es designado rey por la suerte se confía el cuidado de ofrecer los más solemnes sacrificios antiguos, especialmente los que datan de vuestros antepasados.

SÓCRATES EL JOVEN. —Es cierto.

EXTRANJERO. —Estos reyes sacados a la suerte, estos sacerdotes y sus servidores, he aquí lo que es preciso considerar al presente; así como otro grupo muy numeroso, que nos aparece manifiestamente después de las eliminaciones precedentes.

SÓCRATES EL JOVEN. —¿A quiénes te refieres?

EXTRANJERO. —A seres grandemente maravillosos.

SÓCRATES EL JOVEN. —¿Cómo?

EXTRANJERO. —Según a primera vista me parece, es un género múltiple y muy variado. Muchos de estos hombres se parecen a leones, a centauros y a otros animales semejantes; muchos más a sátiros, a bestias sin fuerza, pero llenas de astucia; en un abrir y cerrar de ojos mudan entre sí de formas y de atributos. En fin, me parece, Sócrates, que estoy viendo a estas gentes.

SÓCRATES EL JOVEN. —Habla, porque tienes trazas de ver algo muy sorprendente.

EXTRANJERO. —En efecto, sorprende siempre lo que no se conoce. Esto es lo que a mí me sucede. Tuve un momento de estupor la primera vez que vi el grupo que se ocupa de los negocios públicos.

SÓCRATES EL JOVEN. —¿Qué grupo?

EXTRANJERO. —El mayor mágico de todos los sofistas, el más hábil en este arte, y que es preciso distinguir, por más que sea difícil, del verdadero político y del verdadero rey, si queremos ver en claro el objeto de nuestras indagaciones.

SÓCRATES EL JOVEN. —Pues manos a la obra.

EXTRANJERO. —Ése es también mi dictamen. ¿Dime?

SÓCRATES EL JOVEN. —¿Qué?

EXTRANJERO. —La monarquía, ¿no es uno de los gobiernos políticos?

SÓCRATES EL JOVEN. —Sí.

EXTRANJERO. —Después de la monarquía, puede citarse, a mi juicio, la dominación de los menos.

SÓCRATES EL JOVEN. —Ciertamente.

EXTRANJERO. —¿No es una tercera forma de gobierno el mando de la multitud, o la democracia, como se la llama?

SÓCRATES EL JOVEN. —Sin duda.

EXTRANJERO. —Pero estas tres formas ¿no son en cierto modo cinco, puesto que dos de ellas se crean a sí mismas otros nombres?

SÓCRATES EL JOVEN. —¿Qué nombres?

EXTRANJERO. —Considerando estos gobiernos con relación a la violencia o al libre consentimiento, a la pobreza o a la riqueza, a las leyes o a la licencia, que en ellos aparecen, se les divide en dos; y como se encuentran dos formas en la monarquía, se las designa con dos nombres: la tiranía y el reinado.

SÓCRATES EL JOVEN. —Perfectamente.

EXTRANJERO. —En la misma forma, todo Estado gobernado por unos pocos se llama aristocracia y oligarquía.

SÓCRATES EL JOVEN. —Enhorabuena.

EXTRANJERO. —En cuanto a la democracia, que la multitud gobierne por fuerza o con consentimiento de los demás, que los que la ejercen observen escrupulosamente las leyes o no, nunca ha habido costumbre de darla nombres diferentes.

SÓCRATES EL JOVEN. —Es cierto.

EXTRANJERO. —Pero dime; ¿debemos creer que el verdadero gobierno se encuentra entre los que acabamos de definir por estos caracteres: un solo hombre, un pequeño número, la multitud, la riqueza o la pobreza, la fuerza o el libre consentimiento, el uso de las leyes escritas o la falta de leyes?

SÓCRATES EL JOVEN. —¿Por qué no?

EXTRANJERO. —Reflexiona, y para mayor claridad sígueme.

SÓCRATES EL JOVEN. —¿Por dónde?

EXTRANJERO. —¿Nos atendremos a lo que dijimos al principio o nos desentenderemos de ello?

SÓCRATES EL JOVEN. —¿De qué se trata?

EXTRANJERO. —Creo que hemos dicho que el gobierno real es una ciencia.

SÓCRATES EL JOVEN. —Sí.

EXTRANJERO. —Pero no una ciencia cualquiera, sino que hemos distinguido entre todas una ciencia de juicio y una ciencia de mando.

SÓCRATES EL JOVEN. —Sí.

EXTRANJERO. —Y en esta última hemos distinguido una ciencia que manda a cuerpos sin vida, y otra que manda a los animales; y procediendo siempre según este método de división, hemos llegado hasta el punto en que nos encontramos, sin perder nunca de vista nuestra ciencia, pero también sin habernos puesto en situación de poder determinar suficientemente su naturaleza.

SÓCRATES EL JOVEN. —No es posible hablar mejor.

EXTRANJERO. —¿No deberemos comprender ahora, que ni en el pequeño número, ni en el gran número, ni en el libre consentimiento o en la coacción, ni en la pobreza o en la riqueza, debemos buscar nuestra definición, y que sólo la hallaremos en la ciencia, si queremos ser consecuentes?

SÓCRATES EL JOVEN. —Ciertamente no podemos obrar de otra manera.

EXTRANJERO. —Es necesario examinar ahora en cuál de estos gobiernos se encuentra la ciencia de mandar a los hombres, ciencia acaso la más difícil y la más preciosa de todas las que pueden adquirirse. En esta ciencia, en efecto, debe fijarse nuestra atención, para ver qué hombres, entre los que aspiran a ser políticos y lo quieren hacer creer a los demás sin serlo realmente, debemos distinguir del rey sabio.

SÓCRATES EL JOVEN. —Es lo que debe hacerse en vista de lo que hemos dicho antes.

EXTRANJERO. —Y bien, ¿te parece que en un Estado la multitud será capaz de adquirir esta ciencia?

SÓCRATES EL JOVEN. —Y ¿por qué medio?

EXTRANJERO. —Pero en una ciudad de mil hombres ¿será posible que ciento, o solamente cincuenta, la posean de una manera suficiente?

SÓCRATES EL JOVEN. —En ese caso, de todas las artes sería esta la más fácil. Sabemos positivamente que de mil hombres no encontraremos cien jugadores de ajedrez superiores a todos los de la Grecia, y ¡podrían encontrarse cien reyes! Porque al que posee la ciencia real, gobierne o no gobierne, debe llamársele rey, conforme a lo que ya hemos dicho.

EXTRANJERO. —He aquí un recuerdo oportuno. Se sigue de lo dicho, si no me engaño, que sólo en un hombre o en dos, o a lo más, en un pequeño número, puede buscarse el verdadero gobierno, si es que existe gobierno verdadero.

SÓCRATES EL JOVEN. —Es evidente.

EXTRANJERO. —Y es preciso creer, a lo que parece en este momento, que estos jefes del Estado, ya manden sin coacción o por fuerza, con o sin leyes escritas, ya sean ricos o pobres, ejercen el mando según cierto arte. Del mismo modo hacemos con los médicos; que curen sus enfermos de grado o por fuerza, cortando, quemando o produciendo cualquier otro dolor, según reglas escritas o sin ellas; sean ricos o pobres; nosotros no podemos menos de llamarlos médicos; y esto mientras procediendo con arte, purgando, disminuyendo o aumentando la gordura, procurando lo que interesa al cuerpo y haciéndole mejor de peor que era, alivien ellos mediante sus cuidados los males que se proponen curar. Por este camino y no por otro, salvo error, es como encontraremos la verdadera definición de la medicina y de cualquiera otra ciencia de mando o de precepto.

SÓCRATES EL JOVEN. —Es cierto.

EXTRANJERO. —Lo mismo sucede con los gobiernos. El más completo y único verdadero será aquel, en el que se encuentren jefes instruidos en la ciencia política, no sólo en la apariencia, sino en la realidad, sea que reinen con leyes o sin leyes, con la voluntad general o a pesar de esta voluntad, y ya sean ricos o pobres; porque ninguna de estas cosas añade ni quita nada a la perfección de la ciencia.

SÓCRATES EL JOVEN. —Exactamente.

EXTRANJERO. —Y ya sea que estos jefes purguen al Estado para su bien, condenando a muerte o desterrando a algunos ciudadanos; o que lo aminoren, enviando fuera colonias a manera de enjambres de abejas; o que lo aumenten, llamando a su seno extranjeros, que convierten en ciudadanos; desde el momento que conservan el Estado con el auxilio de su ciencia y de la justicia, haciéndole mejor de peor que era, en cuanto de ellos ha dependido, debemos de proclamar, que este es el único gobierno verdadero, y que así es como se define. En cuanto a las demás formas, que conocemos con el mismo nombre, no son legítimas ni reales; no hacen más que imitar al verdadero gobierno; cuando están organizadas con prudencia, le imitan en lo que tiene de mejor; cuando no, en lo que tiene de peor.

SÓCRATES EL JOVEN. —En todo lo demás, extranjero, tu lenguaje me parece muy exacto; pero eso de gobernar sin leyes es lo que no puedo escuchar en silencio.

EXTRANJERO. —Te has anticipado, Sócrates, con tu observación, porque iba a preguntarte si aceptas todo lo que se ha dicho, o si hay algo que te sorprenda. Pero ahora es claro que lo que deseamos saber es cuál puede ser el valor de un gobierno sin leyes.

SÓCRATES EL JOVEN. —Así es.

EXTRANJERO. —En cierto sentido es evidente que el legislar es una de las atribuciones del reinado. El ideal, sin embargo, no es que la autoridad resida en las leyes, sino en un rey sabio y hábil. ¿Sabes por qué?

SÓCRATES EL JOVEN. —¿Qué quieres decir?

EXTRANJERO. —Que no pudiendo la ley abrazar nunca lo que es verdaderamente mejor y más justo en todas ocasiones, no puede tampoco ordenar lo más excelente. Porque las diferencias que distinguen a todos los hombres y a todas las acciones, y la incesante variación de las cosas humanas, que siempre están en movimiento, no permiten a un arte, cualquiera que él sea, establecer una regla sencilla y única, que convenga en todos tiempos y a todos los hombres. ¿Convenimos en esto?

SÓCRATES EL JOVEN. —Sin duda.

EXTRANJERO. —Éste es, sin embargo, según vemos, el carácter de la ley, igual al de un hombre obstinado y sin educación, que no sufre que nadie haga cosa alguna contra su voluntad, ni inquiera nada, aun cuando a alguno se le ocurra una idea nueva y preferible a lo que él tiene resuelto.

SÓCRATES EL JOVEN. —Es cierto; la ley obra realmente respecto de cada uno de nosotros, como acabas de decir.

EXTRANJERO. —¿No es imposible que lo que es siempre lo mismo, convenga a lo que no es siempre lo mismo?

SÓCRATES EL JOVEN. —Así me lo temo.

EXTRANJERO. —¿Cómo, pues, puede ser necesario hacer leyes, si las leyes no son lo mejor posible? Busquemos la causa.

SÓCRATES EL JOVEN. —Busquémosla.

EXTRANJERO. —En vuestra ciudad, lo mismo que en todas las demás, ¿no hay hombres que se ejercitan en común, ya en la carrera, ya en otras luchas, con la esperanza de conseguir la victoria?

SÓCRATES EL JOVEN. —Sí, y mucho que los hay.

EXTRANJERO. —Pues bien, traigamos a la memoria las prescripciones de los que dirigen estos ejercicios según los principios del arte, y ejercen esta especie de gobiernos.

SÓCRATES EL JOVEN. —¿Cómo?

EXTRANJERO. —No creen posible tener en cuenta a cada uno en particular, ni prescribir a cada cual lo que le conviene especialmente. Creen que es preciso considerar a los hombres en masa, y ordenar lo que es útil al cuerpo en la mayor parte de los casos y para el mayor número de ellos.

SÓCRATES EL JOVEN. —Bien.

EXTRANJERO. —Por esta razón, señalando los mismos trabajos a todos los que se presentan, quieren que todos comiencen juntos y descansen a la par en la carrera, en la lucha, y en todos los ejercicios corporales.

SÓCRATES EL JOVEN. —Así pasan las cosas.

EXTRANJERO. —Admitamos, pues, que el legislador, que debe obligar a rebaños de hombres a respetar la justicia y arreglar sus relaciones recíprocas, nunca será capaz, al mandar a la multitud entera, de prescribir precisamente a cada uno lo que le conviene.

SÓCRATES EL JOVEN. —Es muy probable.

EXTRANJERO. —Pero lo que conviene al mayor número de individuos y de circunstancias será lo que constituirá la ley, y el legislador lo impondrá a toda la multitud, sea que lo formule por escrito, o que lo haga consistir en las costumbres no escritas de los antepasados.

SÓCRATES EL JOVEN. —Bien.

EXTRANJERO. —Sí, ciertamente. ¿Cómo el legislador, mi querido Sócrates, podría pasar su vida al lado de cada uno, para prescribirle a cada momento lo que pudiera convenirle? Porque si esto estuviera en poder de alguno de los que poseen la verdadera ciencia real, no creo que voluntariamente se hubiera impuesto trabas, escribiendo estas leyes, de que se ha hablado.

SÓCRATES EL JOVEN. —Eso es, extranjero, una consecuencia de lo que acabamos de decir.

EXTRANJERO. —Y aún más, mi excelente amigo, de lo que vamos a decir ahora.

SÓCRATES EL JOVEN. —¿Y qué es?

EXTRANJERO. —Lo siguiente. ¿No deberemos creer, que un médico, y lo mismo un maestro de gimnasia, en el acto de emprender un viaje y de dejar por un tiempo, quizá largo, sus enfermos y discípulos, si tiene razones para temer, que si no les deja sus prescripciones por escrito, las olvidarán indudablemente?; ¿se las dejará en esta forma, o bien obrará de otra manera?

SÓCRATES EL JOVEN. —No; no obrará de otro modo.

EXTRANJERO. —Pero si vuelve más pronto de lo que había creído, ¿no se atreverá a reemplazar las prescripciones, que había dejado por escrito, con otras nuevas, si encuentra que son estas más saludables a los enfermos a causa de los vientos o de cualquier otro cambio de temperatura, ocurrido sin poder preverlo en el curso ordinario de las estaciones? ¿O bien, persuadido de que no debe alterarse nada de lo que había dejado ordenado, persistiría en que no deben prescribirse otros remedios, y que el enfermo no debe separarse de lo que se le dio escrito, como si tales preceptos fuesen los únicos saludables y conformes a la medicina, y todo lo demás insalubre y contrario al arte? Si tal cosa sucediese en una ciencia o en un arte verdadero, ¿no se recibiría con carcajadas semejante procedimiento?

SÓCRATES EL JOVEN. —Sin duda alguna.

EXTRANJERO. —Y el que ha escrito estas prescripciones sobre lo justo y lo injusto, lo bello y lo feo, lo bueno y lo malo, o que, sin escribirlas, ha impuesto leyes a las agrupaciones de, hombres, que son gobernados en cada Estado conforme a las leyes escritas; este mismo que las ha redactado con arte, u otro semejante a él, después de una ausencia, ¿no podrá establecer otras leyes contrarias a las primeras? Una prohibición de esta clase ¿no sería tan ridícula como la anterior?

SÓCRATES EL JOVEN. —Sin duda.

EXTRANJERO. —Y bien, ¿sabes cómo se explican la mayor parte de los hombres sobre este punto?

SÓCRATES EL JOVEN. —En este momento no lo sé.

EXTRANJERO. —De una manera muy especial. Dicen que si alguno conoce leyes mejores que las existentes, debe darlas a su patria, pero a condición de convencer de su bondad a cada uno de sus conciudadanos; y si no, que no.

SÓCRATES EL JOVEN. —Pues qué, ¿no dicen bien?

EXTRANJERO. —Quizá. Si alguno, sin haber convencido a los demás, les impone por fuerza lo que es mejor, dime, ¿qué nombre daremos a esta violencia? Pero no, aguarda, consideremos antes lo que precede.

SÓCRATES EL JOVEN. —¿Qué?

EXTRANJERO. —Si un médico, sin haber apelado a la persuasión, en virtud de su arte que conoce a fondo precisa al enfermo, niño, hombre o mujer, a tomar un remedio mejor que el que estaba ordenado por escrito, ¿qué nombre se dará a esta violencia? ¿Cualquiera menos el de falta contra el arte o el de atentado a la salud? Y el que ha sufrido esta violencia, podrá decir todo lo que quiera, menos que tal tratamiento es dañoso a su salud y contrario al arte.

SÓCRATES EL JOVEN. —No puede ser más exacto lo que dices.

EXTRANJERO. —Pero ¿cómo llamamos a lo que constituye una falta en el arte de la política? ¿No es, a decir verdad, lo que es vergonzoso, malo e injusto?

SÓCRATES EL JOVEN. —Sin duda alguna.

EXTRANJERO. —En cuanto a los que, a pesar de las leyes escritas y de las costumbres de los antepasados, se ven obligados por fuerza a hacer cosas más justas, mejores y más bellas, dime, ¿no sería el colmo del ridículo criticar esta violencia, de la que podrá decirse cuanto se quiera, pero nunca que se les ha obligado a ejecutar cosas vergonzosas, injustas y malas?

SÓCRATES EL JOVEN. —Es perfectamente cierto.

EXTRANJERO. —Y la violencia, ¿es justa si su autor es rico, e injusta si es pobre? O más bien si un hombre, valiéndose o no de la persuasión, rico o pobre, con o contra las leyes escritas, hace lo que es útil, ¿no debe decirse, que esta es la verdadera definición del buen gobierno, y que según ella se dirigirá el hombre sabio y virtuoso, que consulta el interés de los gobernados? Así como el piloto, preocupado constantemente con la salvación de su nave y de la tripulación, sin escribir leyes, sino formando una ley de su arte, conserva sus compañeros de viaje; en igual forma el Estado se vería próspero, si fuese administrado por hombres que supieran gobernar de esta manera, haciendo prevalecer el poder supremo del arte sobre las leyes escritas. Y hagan lo que quieran estos jefes prudentes, no se les puede hacer cargo alguno, en tanto que cuiden de la única cosa que importa, que es hacer reinar con inteligencia y con arte la justicia en las relaciones de los ciudadanos, y en tanto que sean capaces de salvarlos, y de hacerlos en lo posible mejores de lo que antes eran.

SÓCRATES EL JOVEN. —Nada tengo que decir a tus palabras.

EXTRANJERO. —¿No tienes nada que reponer a esto?

SÓCRATES EL JOVEN. —¿A qué?

EXTRANJERO. —Que ni la multitud ni un cualquiera poseerán nunca semejante ciencia, ni serán jamás capaces de gobernar con inteligencia un Estado; que sólo en un pequeño número, o en algunos, o en uno sólo puede encontrarse esta ciencia única del verdadero gobierno; y que los demás gobiernos no son más que imitaciones de este, como ya hemos dicho; imitaciones, que reproducen a aquel unas veces mejor, otras menos mal.

SÓCRATES EL JOVEN. —¿Cómo entiendes esto? Porque yo no he comprendido bien antes lo que has dicho de estas imitaciones.

EXTRANJERO. —Después de haber suscitado esta cuestión, será prudente dejarla en este estado y no caminar adelante, antes de haber patentizado un error, que acaba de deslizarse en nuestro discurso.

SÓCRATES EL JOVEN. —¿Y cuál es?

EXTRANJERO. —Lo que es preciso indagar ahora no está en nuestros hábitos, ni es fácil de ver. Hagamos, sin embargo, un esfuerzo para comprenderlo. Dime, puesto que a nuestros ojos no hay más gobierno perfecto que el que hemos dicho, ¿no comprendes que los otros gobiernos no pueden conservarse sin tomar de éste sus leyes, haciendo lo que se aprueba en nuestro tiempo, aunque con bien poca razón?

SÓCRATES EL JOVEN. —¿Qué?

EXTRANJERO. —Que ningún miembro del Estado se atreve a hacer nada contra las leyes; y si alguno se atreviera, sería castigado con pena de muerte y con los mayores suplicios. Esta regla es muy justa y muy bella, puesta en segunda línea, y cuando no se tiene en cuenta la primera, de que antes hablamos. Expliquemos de qué manera se establece esta regla, que, en nuestra opinión, sólo puede ocupar la segunda línea. ¿No es éste tu dictamen?

SÓCRATES EL JOVEN. —Sí.

EXTRANJERO. —Volvamos otra vez a estas imágenes, con las que es preciso constantemente comparar a los jefes de Estado y a los reyes.

SÓCRATES EL JOVEN. —¿Qué imágenes?

EXTRANJERO. —El piloto hábil y el médico, que vale por mil ejemplos.

Figurémosnoslos en un caso particular y observémoslos.

SÓCRATES EL JOVEN. —¿En qué caso?

EXTRANJERO. —Supongamos que estemos todos en la creencia de que debemos sufrir de su parte los más indignos tratamientos; por ejemplo, que conserven entre nosotros al que quieran conservar, que atormenten al que se hayan propuesto atormentar, cortando o quemando sus miembros, y obligando a que se les entreguen, a manera de impuesto, sumas de dinero, destinando poco o nada en provecho del enfermo, y el resto a sí mismos y a sus servidores; en fin, que reciban de los parientes y de los enemigos del enfermo un salario y luego le hagan morir. De otro lado, supongamos que los pilotos cometan mil acciones semejantes, como dejar en tierra con intención los pasajeros en el acto de levar anclas, cometer toda clase de faltas en la navegación, arrojando los hombres al mar, o haciéndolos pasar por toda especie de sufrimientos. Supongamos ahora que, imbuido el espíritu en estas ideas, determináramos, después de una madura deliberación, que no se permitiera ni al arte del médico ni al arte del piloto mandar, como dueños absolutos, ni en los esclavos ni en los hombres libres; que se formara una asamblea, ya con nosotros solamente, ya con el pueblo entero, ya con los ricos; y que los ignorantes y los artesanos tuvieran el derecho de emitir su dictamen sobre la navegación y sobre las enfermedades, sobre la manera como deben usarse las medicinas y los instrumentos médicos para bien de los enfermos, y de las naves e instrumentos de mar para la navegación; sobre lo que debe hacerse en los momentos de peligro, ya proceda éste de los vientos y de las olas, o de encuentros con los piratas; y si conviene en una batalla naval oponer a buques largos otros semejantes. Y después de esto, lo que haya parecido bueno a la multitud, sea que proceda de proposición de los médicos y de los pilotos, o de los ignorantes en estas artes, inscribámoslo en tablas triangulares y en columnas, o consagrémoslo como costumbres no escritas de nuestros antepasados, y que en lo sucesivo que se navegue y se trate a los enfermos conforme a todas estas reglas.

SÓCRATES EL JOVEN. —He ahí una suposición perfectamente absurda.

EXTRANJERO. —Cada año sacaremos a la suerte jefes entre los ricos o entre el pueblo entero, y los jefes elegidos así, arreglando su conducta a las leyes establecidas como hemos dicho, dirigirán las naves y cuidarán los enfermos.

SÓCRATES EL JOVEN. —Eso es más difícil de admitir.

EXTRANJERO. —Atiende a lo que sigue. Cuando estos magistrados hayan terminado el año, es preciso crear tribunales, escogiendo los jueces entre los ricos, o sacándolos a la suerte de todo el pueblo, y hacer comparecer a los magistrados para que respondan de su conducta. Todo el que quiera podrá acusarles por no haber dirigido las naves durante el año según las leyes escritas o según las antiguas costumbres de los antepasados. Lo mismo puede suceder respecto a los enfermos. En cuanto a los que hayan de ser condenados, los mismos jueces decidirán qué pena deberán sufrir o qué multa pagar.

SÓCRATES EL JOVEN. —El que con plena voluntad hubiera ejercido magistratura semejante, sería muy justamente castigado, cualquiera que fuera la pena o la multa que se le impusiera.

EXTRANJERO. —Será preciso además establecer una ley ordenando que si hay alguien que, independientemente de las leyes escritas, estudia el arte del piloto y de la navegación, el arte de curar y la medicina, relativamente a los vientos o a lo caliente y a lo frío, y se dedica a indagaciones profundas sobre esto, debe comenzarse por declararle, no médico ni piloto, sino visionario extravagante e inútil sofista. En seguida, el que quiera podrá acusarle porque corrompe a los jóvenes, enseñándoles a practicar el arte del piloto y el arte del médico sin tener en cuenta las leyes escritas, y porque dirige a su voluntad naves y enfermos; y se los citará delante de un tribunal de justicia. Y si resulta que da, sea a los jóvenes, sea a los ancianos, consejos opuestos a las leyes y a los reglamentos escritos, será castigado con los más terribles suplicios. Porque nada debe haber más sabio que las leyes, y porque nadie debe ignorar lo que concierne a la medicina y a la salud o al arte de conducir una nave y de navegar, puesto que es posible a todo el mundo aprender las leyes escritas y las costumbres de los antepasados. Si las cosas, Sócrates, respecto a estas ciencias, sucediesen como acabamos de decir y lo mismo respecto del arte militar, del de la caza en general, del de la pintura, así como respecto de las diversas partes del arte de imitación, del arte de carpintero, y en general de la fabricación de utensilios, de la agricultura y de todas las artes que se refieren a los frutos de la tierra; si viéramos practicar, conforme a las leyes escritas, el arte de educar los caballos y los ganados de todas clases, el de la adivinación, todas las partes que abraza el arte de los servidores, el juego de ajedrez, la aritmética toda, lo mismo la pura que la que se aplica a los planos, a las profundidades y a los sólidos; ¿qué juicio formaríamos de todas estas cosas, tratadas de esta manera, es decir, según las leyes escritas, y de ninguna manera conforme al arte?

SÓCRATES EL JOVEN. —Es claro que acabarían todas las artes, y desaparecerían de entre nosotros, sin que pudieran renacer jamás, efecto de esta ley, que prohibiese toda indagación; y la vida humana, penosa de suyo, se haría bajo tal régimen insoportable.

EXTRANJERO. —¿Pero qué dices a esto? Si exigiésemos que todas las cosas, que acabamos de decir, se verificasen conforme a reglas escritas, y si encargáramos su ejecución a un hombre, escogido por el sufragio, o designado por la suerte; y si este hombre por codicia o por favor se propusiese obrar enteramente en contra, despreciando dichas reglas, desconociéndolas todas, ¿no resultaría un mayor mal que el mal precedente?

SÓCRATES, EL JOVEN. —Eso es muy cierto.

EXTRANJERO. —Porque, si no me engaño, cuando se establecen leyes inspiradas por una larga experiencia o por los consejos de personas entendidas, que convencen a la multitud de lo que conviene hacer, el que se atreve a quebrantarlas, comete cien faltas en lugar de una; y turba y pervierte la práctica de las artes más gravemente que lo hacen las leyes escritas.

SÓCRATES EL JOVEN. —Es indudable.

EXTRANJERO. —Por esta razón, los que hacen leyes y dan reglas escritas, cualquiera que sea el objeto, no tienen más que un segundo medio de arribar a puerto seguro, que es el no permitir ni a un solo hombre, ni a la multitud, ni a nadie intentar nada que sea contrario a ellas.

SÓCRATES EL JOVEN. —Bien.

EXTRANJERO. —¿Y no serían imitaciones de la verdadera naturaleza de cada cosa las leyes que los hombres instruidos hubiesen redactado como mejor pudieran?

SÓCRATES EL JOVEN. —Necesariamente.

EXTRANJERO. —Pero el hombre instruido, hemos dicho, (si no nos engaña la memoria) el verdadero político no dejará de obrar según su arte, sin cuidarse de los reglamentos, siempre que una disposición le parezca mejor que lo que él mismo había establecido y formulado para sus conciudadanos alejados de él.

SÓCRATES EL JOVEN. —Así lo hemos dicho.

EXTRANJERO. —Pero si un ciudadano cualquiera o un pueblo, teniendo leyes establecidas, intentasen realizar, en oposición con estas leyes, alguna cosa que valga más que ellas, ¿no obrarán, en cuanto de ellos depende, a la manera de este verdadero político?

SÓCRATES EL JOVEN. —Sin duda.

EXTRANJERO. —¿Son ignorantes los que tal hacen? Entonces ensayan imitar la verdad, pero la imitan muy mal. ¿Son hábiles? Entonces no es una simple imitación, sino la realidad misma.

SÓCRATES EL JOVEN. —Perfectamente.

EXTRANJERO. —Pero ha tiempo, que es cosa convenida entre nosotros que la multitud no puede poseer nunca ningún arte.

SÓCRATES EL JOVEN. —En efecto, es cosa convenida.

EXTRANJERO. —Luego si existe algún arte real, ni todos los ricos ni el pueblo entero pueden poseer nunca esta ciencia política.

SÓCRATES EL JOVEN. —Imposible.

EXTRANJERO. —Es preciso, por consiguiente, a mi parecer, que estos gobiernos, si deben imitar felizmente, en cuanto de ellos dependa, al verdadero gobierno, al de uno solo, inspirándose en su arte, es preciso, repito, que una vez establecidas las leyes, se abstengan con el mayor cuidado de hacer nada contra las reglas escritas y las costumbres de los antepasados.

SÓCRATES EL JOVEN. —No es posible hablar mejor.

EXTRANJERO. —Cuando los ricos imitan al verdadero gobierno, llamamos al suyo aristocracia; y cuando se burlan de las leyes, oligarquía.

SÓCRATES EL JOVEN. —Conforme.

EXTRANJERO. —Cuando manda uno solo conforme a las leyes, a imitación del que posee la ciencia, le llamamos rey, sin distinguir con nombres diferentes al jefe que reina mediante la ciencia y al que reina mediante la opinión formulada en las leyes.

SÓCRATES EL JOVEN. —Es cierto.

EXTRANJERO. —Resulta, pues, que si uno solo, poseyendo verdaderamente la ciencia política, gobierna, le daremos este mismo nombre de rey y no otro; y los cinco nombres de los gobiernos precitados no constituirán relativamente a él más que uno.

SÓCRATES EL JOVEN. —Aprobado.

EXTRANJERO. —Pero si el monarca no obra conforme a las leyes, ni según las costumbres de los antepasados, y finge preferir, como hace el verdadero sabio, a las leyes escritas lo que le parece mejor, siendo así que en esta imitación no tiene otros guías que la pasión y la ignorancia, ¿no es acreedor a que se le dé el nombre de tirano?

SÓCRATES EL JOVEN. —Sin duda alguna.

EXTRANJERO. —Tenemos, pues, según vemos, el tirano, el rey, la oligarquía, la aristocracia y la democracia; porque los hombres no consienten con gusto el ser gobernados por uno solo, por un monarca, pues tienen perdida la esperanza de que se encuentre nunca un hombre, digno de ejercer este poder, que a la vez tenga voluntad y fuerza para mandar con la virtud y con la ciencia, y para dar equitativamente a cada uno lo que sea justo, que es lo que se llama bien; debiendo presumirse que se verá arrastrado más bien a maltratarnos, degollarnos, y causarnos daño según su capricho. En efecto, si se encontrase un monarca tal como nosotros le hemos descrito, se le amaría, y se consideraría uno dichoso viviendo bajo tan excelente forma de gobierno, única conforme con la razón.

SÓCRATES EL JOVEN. —Es evidente.

EXTRANJERO. —Pero hoy día, ya que no se ve aparecer en las ciudades, como en los enjambres de abejas, un rey tal como le hemos pintado, que sobresalga desde luego sobre todos los demás por el alma y por el cuerpo, no queda otro recurso que el de reunirse en consejo para escribir las leyes, siguiendo las huellas del verdadero gobierno.

SÓCRATES EL JOVEN. —Conforme.

EXTRANJERO. —¿Nos sorprenderemos, Sócrates, al ver los males que suceden y sucederán en semejantes gobiernos, cuando por principios y por condición tienen que seguir en sus procedimientos, no la ciencia, sino las leyes escritas y las costumbres de los antepasados, siendo así que en cualquiera otro negocio semejante conducta sería evidentemente una causa de ruina? ¿No debemos más bien admirar que un Estado con tales condiciones sea una cosa sólida y poderosa? Porque hace mucho tiempo, que los Estados son víctimas de estos males; y, sin embargo, permanecen en pie, estables y firmes. Muchos, es verdad, sumergidos, como las naves anegadas, perecen, han perecido y perecerán por la necedad de los pilotos y de los tripulantes, que acerca de las cosas más importantes no tienen sino una grande ignorancia; y que, siendo por completo extraños a la política, creen que de todas las ciencias es esta la que poseen mejor.

SÓCRATES EL JOVEN. —Nada más cierto.

EXTRANJERO. —Entre estos gobiernos, que la razón desaprueba y bajo los cuales es difícil vivir, ¿en cuál de ellos es la vida menos penosa, y en cuál es más insoportable? ¿Es preciso que nos ocupemos de esta cuestión, aunque sea extraña a nuestro objeto? Sin embargo, en su fondo tiende verdaderamente a él.

SÓCRATES EL JOVEN. —¿Por qué no hemos de discutirlo?

EXTRANJERO. —Pues bien, habrás de reconocer que las tres formas de gobierno hacen una, que es a la vez la más difícil y la más fácil.

SÓCRATES EL JOVEN. —¿Qué dices?

EXTRANJERO. —Ninguna otra cosa, sino que el gobierno monárquico, el de los pocos y el de la multitud son los tres de que hemos tratado desde el principio de este discurso.

SÓCRATES EL JOVEN. —En efecto.

EXTRANJERO. —Dividamos cada uno de ellos en dos, de manera que formemos seis y pongamos aparte, haciendo el séptimo, el verdadero gobierno.

SÓCRATES EL JOVEN. —¿Cómo?

EXTRANJERO. —De la monarquía hemos dicho, que nacen el reinado y la tiranía; del gobierno de pocos, la aristocracia, que es nombre de buen agüero, y la oligarquía; y en cuanto al gobierno de la multitud, le hemos llamado simplemente solo con el nombre de democracia, pero ha llegado el caso de dividirlo en dos a su vez.

SÓCRATES EL JÓVEN. —¿Cómo le dividiremos?

EXTRANJERO. —Lo mismo absolutamente que los demás, aun cuando no tengamos un doble nombre que darle; porque se puede mandar según las leyes o con desprecio de ellas en este gobierno como en los demás.

SÓCRATES EL JOVEN. —Es cierto.

EXTRANJERO. —Cuando buscábamos el gobierno perfecto, esta división no ofrecía utilidad, como hemos hecho ver; pero ahora que hemos puesto éste a un lado, y que hemos asentado la necesidad de los otros gobiernos, conviene dividir cada uno de estos en dos especies, según que las leyes son respetadas o violadas.

SÓCRATES EL JOVEN. —Efectivamente, eso se sigue de lo que precedentemente hemos asentado.

EXTRANJERO. —Ahora bien, encadenada por estos sabios reglamentos, que llamamos leyes, la monarquía es el mejor de los seis gobiernos; sin leyes, es el más duro y el más insoportable.

SÓCRATES EL JOVEN. —Bien podrá suceder.

EXTRANJERO. —En cuanto al gobierno de algunos, como algunos es un término medio entre uno solo y la multitud, debe creerse que este gobierno es intermedio entre los otros dos. Y en cuanto al de la multitud, todo es en él débil, y no es capaz de ningún gran bien ni de ningún gran mal comparativamente a los otros; porque el poder está dividido en mil partes entre mil individuos. Y por esta razón es el peor de estos gobiernos, cuando los otros obedecen a las leyes; y el mejor cuando las violan. Cuando los otros se entregan a la licencia, entonces es mejor vivir bajo la democracia; pero si impera el orden, no es en éste donde debe vivirse mejor, sino en el primero que hemos nombrado, exceptuando siempre el séptimo, porque este se distingue de los otros gobiernos como un dios de los hombres.

SÓCRATES El JOVEN. —Parece, en efecto, que las cosas son y suceden de esa manera y es preciso hacer lo que dices.

EXTRANJERO. —Es necesario, por tanto, descartar a los que toman parte en estos gobiernos, excepto el que se funda en la ciencia; puesto que no son verdaderos políticos sino facciosos, consagrados a vanos artificios, artificios ellos también, como que son los primeros entre los imitadores y mágicos, y, en fin, los más grandes sofistas entre los sofistas.

SÓCRATES EL JOVEN. —He aquí nombres, que a mi juicio pueden con razón aplicarse a los políticos.

EXTRANJERO. —En buena hora. Esto a nuestros ojos es un drama, donde se ve, ya lo hemos dicho, un coro de centauros y de sátiros, que importaba distinguir de la ciencia política; y he aquí que, aun cuando con dificultad, hemos podido hacer esta distinción.

SÓCRATES EL JOVEN. —Así parece.

EXTRANJERO. —Falta otro punto aún más trabajoso; falta descartar una especie, tanto más difícil de separar de la especie real, cuanto tiene con ella más estrecho parentesco. Me parece que a nosotros nos sucede lo mismo que a los que purifican el oro.

SÓCRATES EL JOVEN. —¿Cómo?

EXTRANJERO. —Estos operarios separan primero la tierra, las piedras y mil cosas semejantes; pero después de esta operación, queda el oro mezclado con lo que es de la misma familia y que sólo pueden separarse con el fuego, como los metales preciosos, el cobre, la plata, algunas veces el acero, los cuales separados no sin dificultad, gracias al refino y acción del fuego, nos permiten ver el oro puro y sin mezcla.

SÓCRATES EL JOVEN. —Así se dice, en efecto, que se hace eso.

EXTRANJERO. —Siguiendo el mismo razonamiento, resulta que hemos separado de la ciencia política todo lo que difiere de ella esencialmente y no tiene con ella ninguna afinidad, y sólo han quedado las cosas preciosas de la misma familia. Tales son la ciencia militar, la jurisprudencia y este arte de la palabra, que hace causa común con el reinado, defendiendo la justicia y concurriendo con ella a administrar los negocios de los Estados. Sólo después de haber puesto aparte, de una a otra manera, estas cosas, será fácil ver lo que buscamos, tal como es en sí mismo y en su pura esencia.

SÓCRATES EL JOVEN. —Sin duda, y he aquí lo que es preciso averiguar.

EXTRANJERO. —Poniendo manos a la obra, podremos concebirlo claramente. Para ello fijémonos en la música. Dime…

SÓCRATES EL JOVEN. —¿Qué?

EXTRANJERO. —La música exige un aprendizaje, y lo mismo en general todas las ciencias que reclaman el uso de las manos.

SÓCRATES EL JOVEN. —Sin duda.

EXTRANJERO. —Pero aquello que nos enseña si es preciso o no estudiar tal o cual de estas ciencias, ¿diremos que es también una ciencia y en relación con ellas o no?

SÓCRATES EL JOVEN. —Lo diremos.

EXTRANJERO. —¿No reconoceremos, sin embargo, que difiere de ellas?

SÓCRATES EL JOVEN. —Sí.

EXTRANJERO. —¿Y qué decidiremos? ¿Qué ninguna ciencia debe mandar a las demás, o qué las primeras deben mandar a esta última, o qué esta última debe vigilar y reinar sobre todas las otras juntas?

SÓCRATES EL JOVEN. —Debe mandar la que enseña si es preciso o no aprender las demás.

EXTRANJERO. —¿Sostienes que debe ella mandar, ya se trate de aprender, ya de enseñar?

SÓCRATES EL JOVEN. —Exactamente.

EXTRANJERO. —Y la ciencia, que juzga si es preciso o no persuadir, debe mandar a la que tiene el poder de persuadir.

SÓCRATES EL JOVEN. —Sin duda.

EXTRANJERO. —Sea así. ¿A qué ciencia referiremos el poder de persuadir a la multitud y a la generalidad mediante bellos discursos y no mediante la exposición de la verdad?

SÓCRATES EL JOVEN. —Es claro, si no me engaño, que ese es el privilegio de la retórica.

EXTRANJERO. —Pero decidir si es preciso recurrir a la persuasión o a la fuerza, para con quién, y en qué casos, o abstenerse enteramente de hacerlo, ¿a qué ciencia pertenece?

SÓCRATES EL JOVEN. —A la que manda al arte de persuadir y de hablar.

EXTRANJERO. —¿Y qué ciencia será esta, sino la misma del político?

SÓCRATES EL JOVEN. —Eso es muy cierto.

EXTRANJERO. —De esta manera la retórica se distingue desde luego de la política, y aparece como una especie diferente, pero subordinada a ésta.

SÓCRATES EL JOVEN. —Sí.

EXTRANJERO. —¿Y qué diremos de este otro poder?

SÓCRATES EL JOVEN. —¿Cuál?

EXTRANJERO. —El que enseña cómo debe hacerse la guerra a los que haya necesidad de hacerla; ¿es un arte o no lo es?

SÓCRATES EL JOVEN. —¿Cómo es posible concebirlo sino como un arte, cuando comprende toda la táctica del general y toda la práctica de la guerra?

EXTRANJERO. —Y al arte, que sabe examinar y decidir si es preciso declarar la guerra o contraer una alianza, ¿le consideraremos como distinto del precedente o como idéntico?

SÓCRATES EL JOVEN. —Como distinto; es una consecuencia necesaria de lo dicho.

EXTRANJERO. —¿No debemos reconocer también que es superior a él si hemos de ser consecuentes?

SÓCRATES EL JOVEN. —Seguramente.

EXTRANJERO. —¿Y a qué ciencia daremos la superioridad sobre el arte de la guerra, tan grande y tan poderoso, sino a la verdadera ciencia real?

SÓCRATES EL JOVEN. —A ninguna otra, en efecto.

EXTRANJERO. —No confundiremos la ciencia del general con la del político, puesto que ella no es más que auxiliar de ésta.

SÓCRATES EL JOVEN. —Así parece.

EXTRANJERO. —Pues bien, consideremos el poder de los jueces, que administran justicia con equidad.

SÓCRATES EL JOVEN. —Conforme.

EXTRANJERO. —No tienen otro poder que el de aceptar del rey legislador las leyes establecidas sobre las relaciones sociales, y juzgar conforme a lo que ha sido declarado justo o injusto, haciendo consistir su virtud en la firme resolución de decidir las pretensiones de las partes según las prescripciones del legislador y sin dejarse influir por los presentes, ni por el temor, ni por la compasión, ni por otro sentimiento hostil o benévolo.

SÓCRATES EL JOVEN. —En efecto, la función del juez se reduce poco más o menos a lo que acabamos de decir.

EXTRANJERO. —Nos encontramos, pues, con que el poder de los jueces no se confunde con el del rey, y que no es otra cosa que el guardián de las leyes y el servidor de aquel.

SÓCRATES EL JOVEN. —Así parece.

EXTRANJERO. —Considerando todas las ciencias, que acabamos de citar, es preciso convenir en que ninguna de ellas nos ha parecido la ciencia política. En efecto, la verdadera ciencia real no debe obrar por sí misma, sino mandar a las que tienen el poder de obrar; a ella corresponde discernir las ocasiones favorables o desfavorables, para comenzar y proseguir en el Estado las empresas vastas; y corresponde a las otras ejecutar lo que ella ha decidido. Bien.

EXTRANJERO. —Así las ciencias, que acabamos de recorrer, no se mandan a sí mismas, ni las unas a las otras; cada una se refiere a una función que le es propia, y justamente toma su nombre particular de esta función también particular.

SÓCRATES EL JOVEN. —Así parece.

EXTRANJERO. —Pero respecto de la ciencia, que manda a todas estas y a las leyes y dirige los intereses del Estado, y que de todas estas cosas forma un maravilloso tejido, ¿no sería procedente, a lo que parece, comprendiendo todo su poder bajo una denominación común, llamarla ciencia política?

SÓCRATES EL JOVEN. —Sin la menor duda.

EXTRANJERO. —¿Y no podríamos explicarla mediante el ejemplo del arte del tejedor, ahora que todas las clases de ciencias, que se pueden encontrar en el Estado, se nos han ido mostrando?

SÓCRATES EL JOVEN. —Ciertamente.

EXTRANJERO. —Por lo tanto, debemos exponer la operación del rey cómo la ejecuta, y qué tejido forma.

SÓCRATES EL JOVEN. —Evidentemente.

EXTRANJERO. —Es una cosa difícil, pero estamos en la necesidad de hacer por comprenderla, a lo que parece.

SÓCRATES EL JOVEN. —No podemos menos de hacerlo así.

EXTRANJERO. —En efecto, que una parte de la virtud difiere en cierta manera de otra parte de la misma, es una idea contra la que los espíritus, que se complacen en disputar, se sublevarán con gusto apoyados en la opinión del vulgo.

SÓCRATES EL JOVEN. —No comprendo.

EXTRANJERO. —Procedamos de otra manera. Yo supongo que consideras el valor como una parte de la virtud.

SÓCRATES EL JOVEN. —Sí, ciertamente.

EXTRANJERO. —Y la templanza, como diferente del valor, pero siendo como él una parte de la virtud.

SÓCRATES EL JOVEN. —Sin duda.

EXTRANJERO. —Pues bien, con estas dos partes, templanza y valor, sucede una cosa muy extraña, que es preciso atreverse a declarar.

SÓCRATES EL JOVEN. —¿Cuál?

EXTRANJERO. —Es que en muchas circunstancias hay entre ellas, si así puede decirse, gran discordia y enemistad.

SÓCRATES EL JOVEN. —¿Qué dices?

EXTRANJERO. —La cosa más extraordinaria del mundo. Dícese comúnmente que todas las partes de la virtud concuerdan entre sí.

SÓCRATES EL JOVEN. —Sí.

EXTRANJERO. —Examinemos, con todo el cuidado de que somos capaces, si es esto absolutamente verdadero, o si más bien tal o cual parte está en guerra con sus hermanas.

SÓCRATES EL JOVEN. —Sí; pero ¿cómo hacerlo?

EXTRANJERO. —Es preciso buscaren todas las cosas lo que llamamos bello, y que lo dividamos en dos especies contrarias.

SÓCRATES EL JOVEN. —Habla con más claridad aún.

EXTRANJERO. —La prontitud y la vivacidad, sea en los cuerpos, sea en el espíritu, sea en la emisión de la voz, sea en sí misma o en las imágenes que producen la música y la pintura en sus imitaciones; ¿has hecho tú alguna vez el elogio de estas cualidades, o las ha alabado otro delante de ti?

SÓCRATES EL JOVEN. —Ahí sin duda.

EXTRANJERO. —¿Y te acuerdas de la forma en que se alababa cada una de estas cualidades?

SÓCRATES EL JOVEN. —No me acuerdo.

EXTRANJERO. —¿Seré yo capaz de explicarte con mis palabras cómo lo concibo yo?

SÓCRATES EL JOVEN. —¿Por qué no?

EXTRANJERO. —Te imaginas, a lo que veo, que es una cosa fácil. Considerémoslo en géneros que son casi contrarios. En las más de las circunstancias, cuando admiramos la vivacidad y la prontitud del pensamiento o del cuerpo, y lo mismo de la voz, empleamos para alabarlas un solo término, el de fuerza.

SÓCRATES EL JOVEN. —¿Cómo?

EXTRANJERO. —Decimos vivo y fuerte, pronto y fuerte, y lo mismo vehemente y fuerte. Generalmente, dando a todas estas cualidades el nombre común, que acabo de enunciar, es como hacemos su elogio.

SÓCRATES EL JOVEN. —Sí.

EXTRANJERO. —Pero qué, ¿no hemos alabado muchas veces y en muchas ocasiones todo lo que se refiere a una naturaleza pacífica?

SÓCRATES EL JOVEN. —Seguramente.

EXTRANJERO. —¿No nos servimos de expresiones contrarias a las precedentes, cuando hablamos de ella?

SÓCRATES EL JOVEN. —¿Cómo?

EXTRANJERO. —Llamamos a ciertas cosas tranquilas y moderadas, y las admiramos en su relación con el pensamiento; admiramos igualmente en las acciones lo que es dulce y lento, y en la voz lo que es fluido y grave y todos los movimientos rítmicos; y en las artes, en general, lo que se verifica con una oportuna lentitud. Todo esto no lo llamamos fuerte, sino templado.

SÓCRATES EL JOVEN. —Es completamente exacto.

EXTRANJERO. —Pero si, por el contrario, estas dos maneras de ser se verifican inoportunamente, llevamos a mal una y otra; y, mudando de expresión, las designamos con nombres opuestos.

SÓCRATES EL JOVEN. —¿Cómo?

EXTRANJERO. —Lo que es más vivo, más rápido y más rudo que lo que pide en aquel momento la razón, lo declaramos violento e insensato; y lo que es demasiado blando o demasiado lento, lo declaramos flojo y torpe. Y en general la mayor parte del tiempo estas cualidades, así como la moderación y la fuerza, nos aparecen como ideas contrarias, hostiles, que se hacen la guerra, sin poder asociarse jamás las unas con las otras; y los que llevan estas cualidades en su alma, los veremos en lucha entre sí, por poco que los sigamos.

SÓCRATES EL JOVEN. —¿Y a dónde seguirlos?

EXTRANJERO. —En todas las circunstancias que acabamos de referir, y probablemente en muchas otras. Me parece, en efecto, que dejándose llevar de la pendiente de su naturaleza, ellos alaban las cosas que les son propias y personales; y vituperan las demás, porque les son extrañas; y por esto se originan con frecuencia muchas enemistades entre los hombres.

SÓCRATES EL JOVEN. —Temores tengo de eso.

EXTRANJERO. —Podría creerse que la oposición de estas ideas no es más que un juego, pero en las cosas importantes es la mayor enfermedad que puede sobrevenir a un Estado.

SÓCRATES EL JOVEN. —¿A qué cosas te refieres?

EXTRANJERO. —A mi juicio, a toda la economía de la vida humana. Los unos son de un natural extremadamente moderado, inclinados a pasar una vida pacífica, dirigiendo solos y por sí mismos sus negocios, obrando en sus relaciones interiores y exteriores del modo más propio para conservar la paz entre los suyos y los Estados vecinos. Engañados por este amor excesivo al reposo y por la satisfacción de sus deseos, no se hacen cargo de que se incapacitan para hacer la guerra, que educan a los jóvenes en la misma molicie, y que se ponen a merced del enemigo; de manera que al cabo de pocos años, ellos, sus hijos y el Estado entero, de libres que eran, caen, sin sentirlo, en la esclavitud.

SÓCRATES EL JOVEN. —Hablas de una lamentable y terrible disposición.

EXTRANJERO. —¿Y qué diremos de los otros, que se inclinan más del lado de la fuerza? ¿No lanzan sin cesar a su patria en nuevas guerras, efecto de su pasión inmoderada por este género de vida y, a fuerza de suscitar enemigos, no la conducen a su ruina total o a la pérdida de su libertad?

SÓCRATES EL JOVEN. —Así sucede.

EXTRANJERO. —¿Cómo no confesar que entre estas dos especies hay una profunda enemistad y una inmensa discordia?

SÓCRATES EL JOVEN. —Es imposible no reconocerlo.

EXTRANJERO. —¿No hemos encontrado lo que buscábamos al principio, a saber, que ciertas partes de la virtud, las más importantes, están naturalmente opuestas entre sí, y que dan lugar a la misma oposición entre los que las poseen?

SÓCRATES EL JOVEN. —Lo creo.

EXTRANJERO. —Examinemos, pues…

SÓCRATES EL JOVEN. —¿Qué?

EXTRANJERO. —Veamos si entre las artes que juntan, hay alguna, que con propósito deliberado componga su obra, por humilde que sea, con elementos buenos y malos; o si todo arte, por el contrario, desecha, en cuanto es posible, lo que es malo, para escogerlo que es bueno y conveniente, y, reuniendo en un todo estos elementos diversos, semejantes y desemejantes, producir una sola y misma cosa, una sola y misma idea.

SÓCRATES EL JOVEN. —¡Ah!, sin duda.

EXTRANJERO. —Entonces tampoco la política, la verdadera por lo menos y la más conforme con la naturaleza, consentirá que un Estado se componga de ciudadanos buenos y malos; sino que, por el contrario, primero los probará mediante la educación, y después de esta prueba los confiará a hombres capaces de instruirles bajo su propia dirección. Ella lo vigilará todo, presidirá a todo, como el arte del tejedor vigila a los que urden y preparan los objetos necesarios para sus telas, y preside a sus trabajos, señalando a cada uno su tarea, y disponiendo todo para lo mejor en vista del resultado definitivo.

SÓCRATES EL JOVEN. —Muy bien.

EXTRANJERO. —En la misma forma, a mi parecer, la ciencia real, teniendo el poder de mandar, no permitirá a ninguno de los que en nombre de la ley tienen a su cargo la instrucción y la educación, establecer ejercicios que no produzcan hábitos convenientes para la combinación que medita, y que los que tal hagan serán los únicos que autorizará al efecto. Y en cuanto a los que no pueden formarse como los demás adquiriendo estos hábitos de valor, de templanza y en general de virtud, y a quienes un natural violento y perverso arrastra a la impiedad, a la injusticia y al desorden, se desembaraza de ellos, imponiéndoles la muerte, el destierro y los más terribles castigos.

SÓCRATES EL JOVEN. —Por lo menos así se dice generalmente.

EXTRANJERO. —Y los que se arrastran en la ignorancia y en la abyección los somete al yugo de la esclavitud.

SÓCRATES EL JOVEN. —Perfectamente.

EXTRANJERO. —En cuanto a los otros, cuya naturaleza es capaz de acciones generosas, a poco que les ayude la educación, y que con el auxilio del arte pueden entrar en una mezcla conveniente, la ciencia real los conserva; toma el carácter firme y sólido de los que aman la fuerza, para formar como una especie de cadena; y con respeto a los que se inclinan hacia la moderación y que muestran un carácter dulce y afable, semejante al hilo de la trama, pero que se encuentran por sus tendencias en oposición con los primeros, he aquí la manera como trata de ligar y enlazar a los unos con los otros.

SÓCRATES EL JOVEN. —¿De qué manera?

EXTRANJERO. —En primer lugar, uniendo con un lazo divino la parte inmortal de sus almas; y en seguida, la parte animal mediante lazos humanos.

SÓCRATES EL JOVEN. —Explícame más lo que quieres decir.

EXTRANJERO. —A la opinión verdadera sobre lo bello, lo justo, el bien y sus contrarias, cuando radica sólidamente en las almas, la llamo divina, si se encuentra en una especie de la naturaleza de los demonios.

SÓCRATES EL JOVEN. —Perfectamente.

EXTRANJERO. —Ahora bien, ya sabemos que sólo el hombre político y el buen legislador, auxiliados por la musa de la ciencia real, son capaces de producir esta disposición en los ciudadanos, que han recibido una buena educación, como hace un instante decíamos.

SÓCRATES EL JOVEN. —Tienes razón.

EXTRANJERO. —En cuanto al que es incapaz de obtener este resultado, no le apliquemos nunca los nombres, cuya definición intentamos averiguar ahora.

SÓCRATES EL JOVEN. —Perfectamente.

EXTRANJERO. —Y bien, ¿el alma fuerte, penetrada así de la verdad, no se dulcificará y no querrá para lo sucesivo entrar en relación con la justicia? Y por el contrario, si no participa de este elemento de verdad, ¿no tenderá a hacerse más y más salvaje?

SÓCRATES EL JOVEN. —Es imposible que suceda de otra manera.

EXTRANJERO. —El carácter moderado, al participar a su vez de la opinión verdadera, ¿no se hará más sabio y prudente, como conviene al Estado? Y si está privado de tal elemento, ¿no adquirirá y no merecerá la vergonzosa reputación de necio y simple?

SÓCRATES EL JOVEN. —Completamente.

EXTRANJERO. —¿No deberemos añadir que ningún tejido, ningún lazo sólido y durable puede nunca unir a los malos con los malos, ni los buenos con los malos, y que no hay ciencia que pueda intentar jamás empresa semejante?

SÓCRATES EL JOVEN. —Sin duda.

EXTRANJERO. —Sólo los hombres, que nacen con instintos generosos y cuya educación es conforme a la naturaleza, pueden ser formados de esta suerte por las leyes; y en esto consiste el remedio que procuran el arte y la ciencia; este es el lazo divino, que según hemos dicho, pone en armonía las partes desemejantes y contrarias de la virtud.

SÓCRATES EL JOVEN. —Es muy cierto.

EXTRANJERO. —Con respecto a los otros lazos, a los humanos, una vez establecido el lazo divino, no es difícil concebirlos; y, después de concebirlos, formarlos.

SÓCRATES EL JOVEN. —¿Cómo y qué lazos?

EXTRANJERO. —La unión de los sexos, la propagación de los hijos, los casamientos y los matrimonios. Porque los más de los hombres y de las mujeres no se unen convenientemente bajo el punto de vista de la generación de los hijos.

SÓCRATES EL JOVEN. —¿Qué quieres decir con eso?

EXTRANJERO. —En cuanto a los que buscan en este asunto el dinero y el poder, ¿merecen que tomemos el trabajo de vituperarlos seriamente?

SÓCRATES EL JOVEN. —De ninguna manera.

EXTRANJERO. —Importa más hablar de los que fijan su atención en los caracteres, y ver si hacen algo contra la razón.

SÓCRATES EL JOVEN. —En efecto, importa más esa indagación.

EXTRANJERO. —Ahora bien, ellos se conducen contra el buen sentido, al dejarse llevar del placer del momento buscando a los que se les parecen, huyendo de los que difieren de ellos, y al preocuparse demasiado con el modo de evitar las dificultades.

SÓCRATES EL JOVEN. —¿Cómo?

EXTRANJERO. —Los hombres moderados buscan en los demás su propio carácter; se casan, en cuanto es posible, con mujeres de las mismas condiciones y casan en la misma forma a sus hijas; y los hombres fuertes y enérgicos hacen lo mismo: buscan en los demás su propio carácter; cuando lo conveniente sería que estas dos clases de hombres hiciesen todo lo contrario.

SÓCRATES EL JOVEN. —¿Cómo y por qué?

EXTRANJERO. —Porque es tal la naturaleza del carácter fuerte y enérgico, que, lleno de vigor en un principio, si se reproduce sin mezcla durante muchas generaciones, concluye por dejarse arrastrar a verdaderos accesos de furor.

SÓCRATES EL JOVEN. —Es muy probable.

EXTRANJERO. —De otro lado, el alma que se deja llevar de un pudor excesivo, que no se asocia a una audacia varonil, y que se reproduce así durante muchas generaciones, se hace más débil que lo que es de razón, y concluye por caer en un completo desfallecimiento.

SÓCRATES EL JOVEN. —También es probable que así suceda. He aquí por qué lazos, diría yo, que no es difícil ligar estas dos especies de hombres, siempre que sus naturalezas tengan una misma opinión sobre lo bello y sobre el bien. Porque esta es la única tarea, y al mismo tiempo toda la tarea del tejedor real; no permitir jamás que el carácter prudente se divorcie del carácter fuerte y enérgico; unirlos mediante la comunidad de sentimientos, honores, penas, opiniones, así como por un cambio de uniones y compromisos; componer un tejido suave y sólido según hemos dicho; y confiar a todos en común los diferentes poderes en el Estado.

SÓCRATES EL JOVEN. —¿Cómo?

EXTRANJERO. —Donde se requiera un solo jefe, escogiendo un hombre que reúna en su persona estos dos caracteres; y donde se requieran muchos, mezclándolos por partes iguales. Los jefes moderados tienen, en efecto, costumbres prudentes, justas y conservadoras, pero carecen de energía y de la audacia que reclama la acción.

SÓCRATES EL JOVEN. —Todo eso me parece muy exacto.

EXTRANJERO. —Los jefes fuertes y enérgicos, a su vez, dejan algo que desear del lado de la justicia y de la prudencia, pero sobresalen en la acción. Es imposible que todo marche bien en los Estados, así respecto de los particulares, como respecto del público, sin la combinación de estos dos caracteres.

SÓCRATES EL JOVEN. —Evidentemente.

EXTRANJERO. —Digamos, pues, que la acción política ha conseguido su fin legítimo, que es cruzar los caracteres fuertes con los moderados formando un sólido tejido, cuando el arte real, uniendo estos hombres diversos en una vida común mediante los lazos de la concordia y de la amistad, realizando el más magnífico y el mejor de los tejidos hasta formar un todo, y abrazando a la vez cuanto hay en los Estados, lo mismo los esclavos que los hombres libres, lo estrecha todo en sus mallas, y manda y gobierna sin despreciar nada de lo que puede contribuir a la prosperidad del Estado.

SÓCRATES EL JOVEN. —No era posible, extranjero, definir mejor al rey y al político.